「メリルとのはじめては、とびきり特別で素敵な夜になるよう準備を進めておこう。
だから僕を受け入れられるように、少しずつ中をほぐしていくから……
痛みも感じないように。僕だけに集中して」

王太子さまは夢の乙女にご執心

〜お探しの恋人は別人です!!〜

月城うさぎ

Vanilla文庫

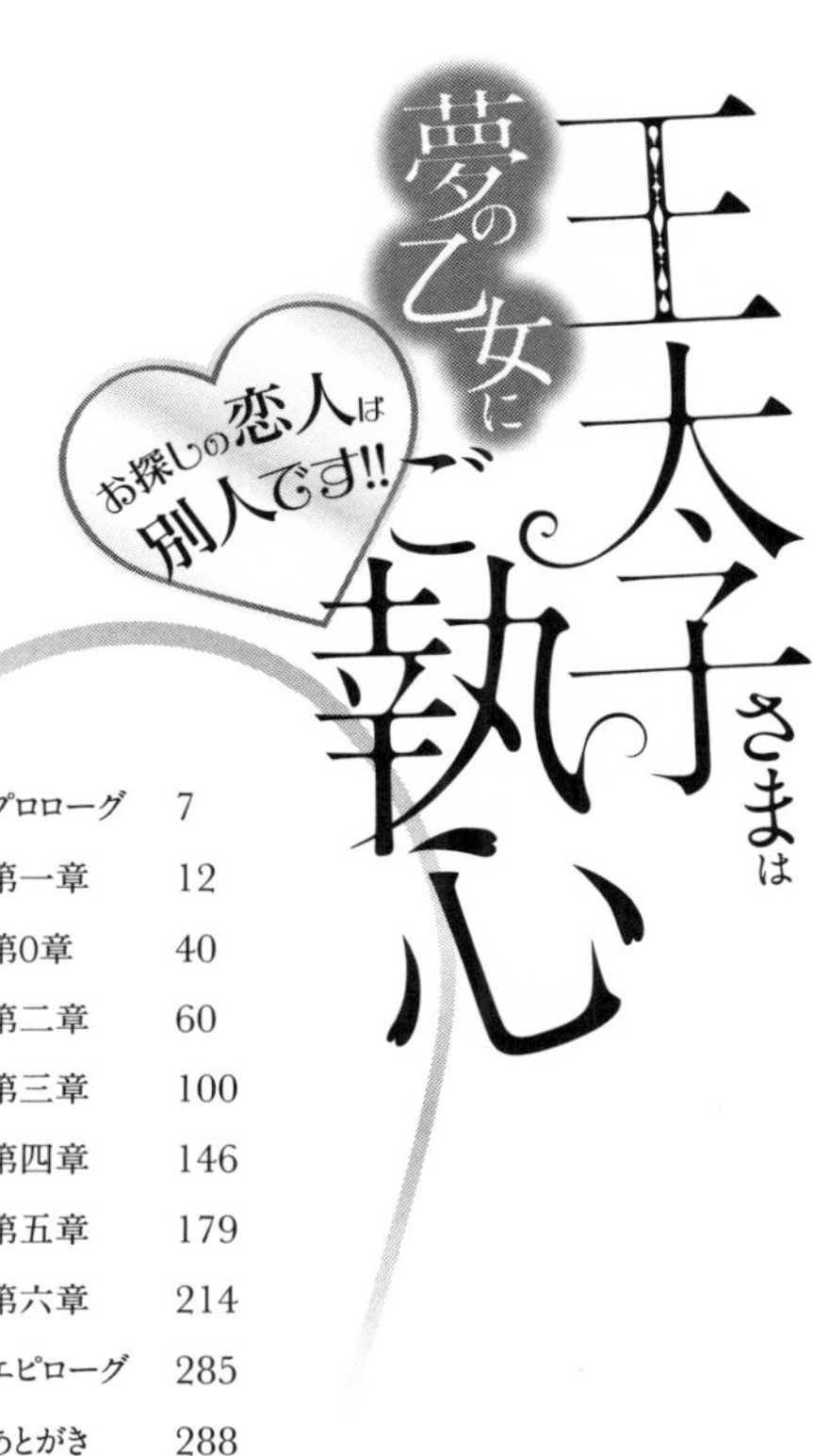

Contents

イラスト／DUO BRAND.

プロローグ

グロースクロイツ国の王太子、エリアス・ノアベルト・グロースクロイツには、相思相愛の女性がいる。

まだ十にも満たない頃から、彼女は彼の特別な人になったが、実は名前も知らなければいつ会えるかもわからない。偶然の逢瀬（おうせ）を何度も重ねていくうちに気持ちが芽生え、いつしか二人は恋人同士になった。

朗らかな笑顔は天使のごとく。優しい気遣いは女神のごとく。

癖のない黒髪はしっとりと艶めいていて、青い瞳は深く澄んだ海の色。

桃色に色づく小さな唇から零（こぼ）れる吐息を感じるだけで、エリアスは彼女の唇の温度を直接確かめたくなってしまう。

何物にも染まっていない無垢（むく）な眼差（まなざ）し。純真な心を映した目で、毎日ずっと見つめられていたい。

『ようやく君とひとつになれる』

二人が恋人になってから早数年。これまで触れ合う口づけしかしたことがないが、念願の初夜を迎えられた。

『……君を抱ける日をずっと待ちわびていた』

柔らかな肢体を寝台の上に横たわらせて、エリアスは薄いネグリジェをめくりあげる。

白い肌が露わになった。エリアスの心拍数が速まっていく。

恥じらう彼女は顔を隠すようにうつ伏せになった。枕に顔を押し付けて、耳に心地いい声を響かせた。

『恥ずかしい？　いいよ、存分に恥ずかしがって。でも僕は君の可愛い顔が見たい』

耳を赤くさせて緩慢な動作で首を左右に振っている。その姿すらエリアスの心を掴んで離さない。

なんて愛らしいのだろう。彼女の温もりも、手に吸い付くような肌を堪能できるのも、世界で自分ただひとり。

『そんなに顔を隠したいなら、悪戯するぞ』

微笑みながら彼女の臀部を覆う布地に触れ、両側の紐をさっと解いた。下着はあっけなく役目を終え、双丘を覗かせる。

『……っ！』

彼女がなにやら甘い声で抗議をしたが、エリアスの視線は外れない。

桃のような丸みを帯びた肉付きのいい双丘には、黒いほくろが三つ。正三角形を描くように並んでいる。

――珍しい。

白い肌に黒いほくろが浮かんでいることにすら欲情する。

ああ、一体彼女の身体(からだ)には、いくつほくろが隠れているのだろう……。きっと彼女自身が知らない場所にもあるに違いない。

今まで隠されていた肌をすべて暴けるのだと思うと、胸の高鳴りも股間の滾(たぎ)りも止まらない。

今すぐにでもひとつになりたい欲求を堪えながら、ひときわ甘く響く声で彼女の耳に囁(ささや)きを落とす。

『君は僕だけのものだ』

魅惑的な桃尻に惹(ひ)かれるようにそっと口づけをしようとするが……、目の前にいる彼女が遠ざかっていく。

『待て……！』

彼女が振り返ろうとするが、その顔を捉えることができない。

可憐(かれん)な声でなにを紡ごうとしているのだろう。

それもわからないまま、エリアスの意識が急速に別のどこかへ引っ張られていく。

「……か、殿下！　起きてください、朝ですよ！」

「……朝？」

広い寝台の上にはエリアスひとり。無意識に隣の温もりを求めるが、シーツにはなにも残っていない。だが、身体が彼女を求めていたことを証明するように、エリアスの下穿きが不快に濡れていた。

今まで味わっていた幸福が虚しさに変わっていく。

夢精と共に目覚めるなんて、こんな切ない朝は何度目だろう。

「……っ、あぁ～……」

深い溜息と共に、エリアスはがっくり項垂れた。

「何故起こした……」

腹の底から恨めしい声を出す。

「この時間に起こしてくれって言ったのは殿下ですよ、お忘れですか？」

カーテンを開きながら、エリアスの従者が問いかけた。

エリアスは二度、三度と瞬きをし、ふたたび深い息を吐く。

「ギュンター……、何故あと五分待たなかった！　あと少しで、彼女と愛を深められるところだったんだぞっ」

「え、現れたんですか？　殿下の夢の乙女が？　それで、なにか髪色以外に手掛かりは覚えていますか?」

ギュンターの問いを聞き、エリアスは先ほどまでの夢を思い出そうとする。

いつも朝目覚めると、夢の記憶はすぐに霧にかかったようにぼやけてしまうが、今朝はひとつだけはっきり覚えていることがあった。

「……ある」

エリアスは己の両手を見つめながら答えた。

今までは、彼女が長い黒髪の持ち主という特徴しか思い出せなかった。だが今朝はもうひとつ、忘れられない光景を見ていた。

「へえ、よかったですね。で、なにを覚えているんですか?」

「ほくろだ。お尻に三つのほくろがあった。点を結ぶと正三角形になる」

「……それ、どうやって確認されたんです?」

「……」

なんとなくエリアスはギュンターの問いにだんまりを決め込んだ。

第一章

——これは一体どういうこと？

グロースクロイツ国の西に位置する隣国、リンデンバーグ国の侯爵令嬢メリル・エメライン・ミルドレッドは困惑していた。

王城の舞踏会の広間からほど近い庭園の片隅で、二人の男女が抱き合っている。

メリルの視線の先には自分をエスコートしていたはずの婚約者クリストフと、異母妹のプリシラが、人目を避けるように物陰に隠れて熱いキスを交わしていた。

どこから見ても恋人同士の逢瀬にしか見えないが、その相手はプリシラのはずがない。あの男は自分の婚約者だ。

——何故舞踏会を抜け出して、クリストフ様とプリシラがキスをしているのかしら。

婚約者といっても、二人は家同士が決めた相手だ。

相手はどう思っていたかわからないが、メリルには恋愛感情はない。

両家を結びつける政略結婚なのだから、そのような感情は後から芽生えるものだろうと思っていた。だが、それはメリルだけの思い込みだったのかもしれない。人は驚きすぎると声をあげられないらしい。理性と感情がせめぎ合い、なにが最善の策なのかを考えてしまう。

いっそのことわざとらしく悲鳴を上げてしまえば、二人は慌てて平静を取り繕い、言い訳がましい弁明を言ってくるだろうか。

そんな滑稽な姿を想像すると多少は留飲が下がりそうだが、騒ぎを起こして要らぬ目撃者を増やすべきではない。

幸いここは薄暗く人気がない。目撃者は自分だけ。

――なんとか穏便に済ませるしかないわ。

メリルは常に感情よりも理性が勝る。きっと男性から見れば、そのような女性は可愛げがないように映るだろう。

――本当、感情を優先させるプリシラとは正反対だわ。クリストフ様がまさかプリシラのような女性を好むとは思わなかったけど。

男性は可愛げのない女性より、甘え上手で愛嬌（あいきょう）のある女性の方がいいのだろう。甘え方など、メリルには不得意すぎてわからないが。

そんなことを頭の片隅で分析しながら、メリルは溜息を吐きたいのをグッと堪えた。恋愛感情がないとはいえ、目の前の裏切りがショックに変わりない。

——このまま盗み見していてもしょうがないわね……。

姿が見えない婚約者を探して舞踏会を抜け出し、外の庭園を歩いていた矢先のことだった。今は人気がないが、いつ誰が現れるかわからない。

王城の敷地内でこのような行為を行えば、一体どんな噂が社交界に広まるかわからない二人ではないだろうに。

抱擁を交わす二人にようやく声をかけようとすると、ふいにプリシラがメリルを横目で捉えてほくそ笑んだ。どうやら彼女はとっくにメリルの気配に気づいていたらしい。

プリシラは勝ち誇ったような笑みを浮かべて、ゆっくりと抱き合っていた腕を放す。

「あら、お姉様。盗み見なんてお行儀が悪くてよ？」

プリシラが小首を傾げてメリルを窘めた。

美少女と名高いプリシラがあざとい仕草をすると様になる。彼女は自分の容姿を的確に理解していることが伝わってきた。

——お行儀が悪いのはどちらかしら。

メリルは今度こそ溜息を吐いた。

光を弾く淡い金髪と緑の目をした美しい妹と、暗闇に溶け込む黒髪に青い目をした姉。たった二歳差だが、半分しか血が繋がっていないため容姿は似ていない。

プリシラの赤く色づく唇から発せられる声も鈴の音のように愛らしいが、メリルに向ける言葉の大半が挑発的なものだった。

　できれば人前でプリシラと会話をしたくない。姉妹なのに随分声が違うなどと、比較されたくないから。

「……私の婚約者と知りながら、人目のつかない場所でキスをして抱擁する方がお行儀が悪いんじゃないかしら。一体どういうことなの？」

　メリルは冷静に問いかける。自分の中性的で、女性にしては低い声が震えていなければいいと思いながら。

　バツが悪そうに視線を逸らしたクリストフを一瞥し、メリルはプリシラを見据えた。

　プリシラはみじんも悪いと思っていない表情で、メリルを挑発する。

「だって、クリストフ様がおかわいそうだと思わない？　お姉様のような陰気で、社交性がなくて、ずっと本ばかり読む引きこもりで……少年のような声をした女性と一生を共にしなければいけないなんて。考えるだけで気が滅入ってしまうでしょう？　だから結婚するならお姉様ではなくて、私がいいんですって」

　すっと視線をクリストフに合わせる。彼は額に汗を滲ませていた。

　──お父様もいくら我が家に婿養子が必要だからって、こんな肝の小さな男性を選ばなくてもいいのに。これでは侯爵としてやっていけないわ。

　思わず辛辣な感想が口から飛び出そうになった。

プリシラにばかり話させて、弁明さえしない男に用はない。

これから信頼を築きあげるのだと思っていた相手に裏切られるとは思わなかったが、恋愛感情を抱いていなくてよかったと安堵した。

「……私はどちらが先に誘惑したかなんて興味がないの。問題は、私の婚約者と知っていながら誘惑に乗っかったあなたの節操のなさではなくて？」

「まあ、酷い。これはお姉様のためでもあるのに。愛情のない二人が夫婦になるよりも、きちんと恋愛感情のある二人が夫婦になった方がうまくいくでしょう？」

それに、と続けながらプリシラは愛おしそうに腹部を撫でる。

「私、お腹の中に彼の子がいるの。我が家の婿養子になってくれるのなら、結婚相手はお姉様じゃなくて私でも問題ないはずよね。だから、ミルドレッド侯爵家は私とクリストフ様が継ぐわ。お姉様はどうぞ他の婚約者をお探しになってね」

一言も謝罪せず、プリシラはクリストフの腕を引いて去ってしまった。彼は結局メリルに悪いと思っているのかもわからないままだ。

プリシラはまったく姉の婚約者を奪ったことに罪悪感を抱いていない。

普通の姉妹なら少なからず胸を痛めて謝罪をするだろうが、彼女は悪いと思っていないのだろう。

「昔から私の持ち物をほしがる子だったけど、なんてことなの……」

メリルは呆然と立ち尽くす。

このことはきっと継母も把握しているはずだが、父は知らされていないだろう。プリシラの婚約者選びに頭を悩ませていたところだからだ。

しかしこの状況なら、他家に嫁ぐのは自分になる。

婚約者を妹に奪われた情けない侯爵令嬢を娶りたいと思う男が現れるだろうか。いずれ侯爵家を継ぐからと、滅多に社交界に顔を出さず好きなことばかりしていた。そんな自分を見初めてくれる相手を見つけるのは骨が折れそうだ。

――それに、プリシラが妊娠しているなんて夢にも思わなかったわ……。

プリシラは今年社交界にデビューしたばかりの十六歳だ。彼女は今宵の舞踏会にも、いつも通り踵の高い靴を履いている。

普段通りコルセットを締めて、華やかなドレスを纏っていたら気づくこともできないだろう。

――酷い裏切りなのに、あまりショックを受けていないなんて……私は情が薄いのかしら……。

元々メリルの婚約者を選んだのは父であるミルドレッド侯爵だ。

娘が二人しかいない侯爵家には婿養子が必要だ。長子であるメリルが、交流のある伯爵家の次男のクリストフを婿養子にすることで話が進んでいたのだが、プリシラが言う通り姉妹のどちらかが家を継げば問題はない。

昔からプリシラはメリルのものをよくほしがっていたが、まさか婚約者までも狙われていたとは思わなかった。迂闊（うかつ）としか言いようがないが、後悔しても遅い。

――私は私なりに、時間をかけてクリストフ様と情を交わして、愛情が芽生えればいいと思っていたけれど……。相手はそうは思っていなかったってことよね。

特別な感情を抱いていなくても、傷つかないわけじゃない。自分が好かれていないことは薄々と気づいていたが、それはお互い様だ。家同士が決めた結婚に断る理由はなかっただけのこと。

しかし今後のことを考えると気が滅入りそうだ。一番頭を悩ませるのは父になるだろうが。

――私は本当に自分のことしか見ていなかったのかも。プリシラがクリストフ様を好きだったことにも気づかないなんて……。自分のことが情けないわ。

憂鬱な感情を抱えたまま舞踏会に戻り、普段は飲まない林檎（りんご）酒を口にした。

メリルは滅多に飲酒をしないが、悲しいことがあったときはお酒を飲んで忘れるのが一番だと書物に書かれてあったのを思い出したからだ。

林檎酒を三杯飲み干すと、外気に触れて冷えた身体が温まってくる。

身体がぽかぽかとすると同時に、頭もふわふわしているようだ。これが酩酊（めいてい）感というものか。

――あ、なんかお酒を飲んだら気持ちいいかも。

落ち込んでいた気分が上昇してくる。先ほどまで悩んでいたことがどうでもいいと思える程度には酩酊状態になっているのだろう。

四杯目のグラスを空けた。これを飲み終えたら馬車を呼んで帰ろう。

――ああ、プリシラはもう帰ったのかしら。クリストフ様も見当たらないし、きっと先に帰ったのよね。入場したときは私をエスコートしていたのに、別の令嬢と一緒に帰った姿を他の人に見られていないといいけれど……。

華やかな容姿のプリシラは人目を惹く。侯爵が婚約者を選べていないのは、プリシラへの縁談が多すぎるというのも理由のひとつだ。

婚約者候補になっていたかもしれない男性たちには申し訳ないが、ある意味彼らは助かっただろう。可憐な容姿をした小型の肉食獣を喜んで飼えるだけの気概がある男性は少なそうだ。

そんなことをつらつら考えていたからだろうか。メリルの足元が覚束(おぼつか)なくなっていた。視界がぐらぐらと揺れている。いや、ぐにゃぐにゃ回っているように感じる。

――あれ……、酔ったのかしら？

このまま馬車に乗ったら気分が悪くなるかもしれない。どこかで休んだ方がいい。

ダンスを楽しむ人々の間を縫って、メリルは広間の外へ出た。どこかに休憩室が設けられているはずだ。

近くにいたメイドに案内されて、休憩室へ通される。品のいい調度品はさすが王城と思わされるものばかりだ。

「ちょっと熱いわ……風がほしい」

室内を見回し、窓を確認する。窓の下部を押し上げれば開けられそうだ。重量があるかと思いきや、女性の腕力でも問題なさそうだった。

メリルは慎重に窓を半分押し上げた。

だが窓枠の縁に頭をぶつけてしまう。

「いた……、あ！　髪飾りが……っ」

頭につけていた髪飾りが窓の外に落下した。それは母の形見の大事な髪飾りだ。

咄嗟に身を乗り出して髪飾りの行方を追うが、暗くてよくわからない。繁みの中に落ちていたら見つかりにくいだろう。

「あ……っ、どうしよう、落ちそう……！」

身体の重心を支えられない。

このままメリルも窓の外に転がり落ちてしまいそうだ。

一階のため大した怪我はしないだろうが、確実にドレスを汚してしまう。

酔いが一気に加速して視界がぐるぐる回っていく。重心が傾き、つま先が床から離れそうになったそのとき。

「大丈夫か」

誰かに背後から声をかけられた。

メリルを支えるように、腹部に腕が回る。

――誰だろう？

聞き覚えのない声だ。ぼんやりしている間に、メリルの身体が窓から離される。

――よかった……。落ちなくて済んだ……。

でも髪飾りは捜さなくては。

そう思いつつもメリルの意識が急速に遠のいていった。


目が覚めると、メリルは見知らぬ部屋の寝台に寝かされていた。

シーツは自室のものよりさらに手触りがよくて上質だ。

だが見慣れない天井と広い寝台を見て困惑する。

「え……と？」

――ここはどこで、私は一体……？

身に着けていたはずのドレスは脱がされており、着心地のいいネグリジェを纏っていた。

記憶を掘り起こそうとした瞬間。

「よく寝ていたな。いい夢は見られたか？」

「え？」

見知らぬ男がメリルの髪をひと房手に取った。そのまま口元に近づけ、メリルの髪にキスを落とした。

「……っ!?」

――誰……!?

咄嗟にキスされた髪を奪い返す。

緩く癖のある金色の髪に、紫水晶を閉じ込めたような美しい瞳。

神が丹精を込めて傑作を作り上げたと言わんばかりの美しさを目の当たりにし、メリルは息を呑んだ。

「ど、どちらさま、ですか……？」

知らない男と同じ寝台にいれば悲鳴を上げてもおかしくない状況だが、あまりに強烈な美貌がメリルの思考を鈍らせた。

「……ああ、昨日ぶりに君の声が聞けた」

男は独り言のような呟きを落とすと、薄い微笑を浮かべて上体を起こした。

「さあ、誰だと思う?」

悪戯を覚えた子供のようににんまり笑う。そんな顔も極上に麗しい。

だが、そのときようやく男の上半身が裸であることに気づいた。

――え、裸? ……嘘、裸⁉

未婚の貴族女性が男と同衾するなど、とんでもないことだ。この部屋がもし王城の一室であり、誰かに見られでもしたら……。

メリルの顔から一気に血の気が引いていく。もはや謎かけのような尋問をしている場合ではない。

「わ、私、もしやあなたと一夜を……?」

身じろぎをするが、身体に異変はなさそうだった。とはいえ、過ちがなかったとは言い切れない。

メリルが着ているネグリジェは着心地がいいが、防御力はない。自分自身で着替えたのかも覚えていない。

心もとない気持ちで返事を待っていると、扉が数回ノックされた。

「朝早く失礼いたします。お目覚めでしょうか」

「ああ、入れ」

男が入室の許可を出した。メリルは内心息を呑んだ。

「お召し物をお持ちしました。……失礼しました、すぐにもう一着ご用意いたします」

城のメイドと思しき女性が入室したが、メリルに気づいて立ち去ってしまった。

気のせいでなければ、扉の外が急に慌ただしい。

「え、え……？」

「ああ、見られてしまったな。これでは噂が広まるのも時間の問題か」

――見られてしまったというか、わざと見せつけたのでは……？

そう思いつつも、見せつける理由がわからない。双方にとってよからぬ噂が立ってしまうではないか。

『男性と一夜を共にしたミルドレッド侯爵令嬢。異母妹に婚約者を奪われた乱心か――』

そんな一文が一瞬でメリルの頭に浮かんだ。

傷心故の乱心など、今まで理性的に生きてきたメリルには無縁だったはずなのに。そう思われても仕方ない失態だ。

――困る、困るわ……！

記憶がないままはじめての口づけどころか、その先まで一足飛びで経験してしまったなんて思いたくない。

メリルは再度、慎重に男に問いかけた。

「それで私は、あなたと過ちを……？」

「過ち、か。響きが淫靡でいいな」

男は意味深に笑みを深めて頷いた。

「だがまさか一度きりの過ちで満足したわけではないいな？　僕もまだまだ足りないが、昨夜は疲れただろう。もうひと眠りしたいならそうするといい」

「……ッ！」

一度の過ちでは満足できていないだろうなんて完全に言いがかりだが、メリルの頭は真っ白になった。

身体に異変を感じてはいないけれど、どうやら名前も知らない男の毒牙にかかってしまったらしい。

——なんていうことをしてしまったの……！　知らない間に純潔を失ってしまったなんて……！

お酒の勢いというのは恐ろしい。

これでは嫁ぎ先など見つからない……いや、出会ったばかりの男の方が責任を取らされるかもしれない。なにせメリルは、リンデンバーグ国の中でも名の知れた侯爵家の出身だから。

——ど、どうしましょう……。早く着替えて屋敷に帰らないと……！

父になんて説明をするべきか。もしかしたら噂の方が先に彼の耳に入るかもしれない。

そしてこの男は誰なのか。

この場を去る前にはっきりさせなくては。

「あの、あなたは一体……」

名前を尋ねようとしたと同時に、男から耳を疑う発言が飛び出した。

「そうだ。忘れる前にもう一度、僕に君の可愛いお尻を見せてほしい」

「え……っ⁉」

頭で考えるよりも先に、メリルは男の頬（ほお）に平手打ちを喰（く）らわせたのだった。

◆◆◆

——頭が痛い。

これが二日酔いというものか、もしくは精神的なもののせいなのか……。

冷たい水を飲んですっきりしたいが、きっと柑橘（かんきつ）水を飲んでも頭痛が晴れそうにないだろう。

メリルはこれまでに経験したことがないほど困惑していた。

自分を取り巻く環境が変化していくことに恐怖すら覚える。

——一体何故こんなことに……誰か説明してほしい……。

できることなら時間を巻き戻したい。そんな非現実的な願望に縋（すが）りつきたくなる。

目の前に置かれている紅茶のカップを手に取りたいが、腰に回った腕が邪魔をしていた。

自由に喉を潤わせることもできず、メリルは冷や汗を流して硬直するばかり。

困惑の原因はメリルの隣に座る美貌の男だ。

リンデンバーグ国一美しいと言われる令嬢すら、隣に並ぶことを拒否するであろう。

彼は三人掛けの長椅子に腰を掛け、遠慮なくメリルの腰を抱き寄せてくる。

当初は適切な距離を保って座っていたはずだが、いつの間にか距離を詰められてしまった。

初対面の男のはずなのに、この密着具合は一体なんなのか……。恋愛経験が皆無なメリルには理解が追い付かない。

——適切な距離ってなんだったっけ……。もしくは他国ではこの距離が普通なの？　……そんな常識、聞いたこともないけれど。

さりげなく身じろぎをして腕をどかそうとしても、すぐに抱き寄せられてしまう。ちらりと隣を見上げれば、眩(まぶ)しい笑顔がメリルの目を焼きにかかっていた。

破壊力の強い笑みを直視したら心臓が止まりそうだ。メリルはそっと視線を逸らす。

——本当どうして……どうして一夜の過ちを犯した相手が隣国の王太子殿下だったの……？　不運すぎて泣きそうだわ。

隣に座る美貌の男は、エリアス・ノアベルト・グロースクロイツ。年齢はメリルの四つ上の二十二歳で、隣国グロースクロイツ国の第一王子にして王太子だ。

相手の素性を知った瞬間、メリルの意識は遠のきかけた。聞かなかったことにしたいと切実に思うほど動揺した。

まさか隣国の王族が護衛もなしに、友好国であるリンデンバーグの舞踏会に参加しているとは思わなかったのだ。己の失態に頭を抱えたい。

――これほど目立つ人を一切認識していなかったなんて、昨夜の私はどうかしていたわ……。

数多の令嬢に囲まれていてもおかしくないが、その辺はうまく対処していたのだろうか。少なくとも、メリルは一切気づかなかった。元々社交的ではないため、他家の令嬢同士の繋がりも希薄だ。

それにしても、何故グロースクロイツの王太子がメリルを遊び相手に選んだのだろう。しかも婚約者を妹に奪われたと知った直後だ。周囲に人はいなかったし、メリルの事情など知らないはずだが。

――まさか私に一目惚れしたなんてことは……いえ、そんなはずはないわよね。プリシラじゃあるまいし、一目惚れされる要素なんて皆無だもの。

あまり怖い想像はしたくない。メリルは小さく頭を振った。

未婚の貴族令嬢が名前を知らない相手と火遊びをするなど、家名に傷をつける行為だ。いくら飲酒していて記憶がないとはいえ、目撃者が出てしまっている以上なにもなかったことにはできない。

メリルに残された道は、このまま運よく隣国の王太子と婚姻するか、修道院に行くかのどちらかだ。できれば後者の方が気楽ではありそうだ。

――大量の書物を持って行っていいなら、修道院も居心地良さそうよね。読書の時間が確保できればだけど。

そんな風に現実逃避をしていたかったが、メリルはふたたび目の前の話し合いに意識を集中させた。

「……それで、エリアス殿下は私の娘と婚約したい……と。そういうことでしょうか」

王城からの報せを受けて、血相を変えて登城したミルドレッド侯爵は、血の気が引いた顔でメリルを抱き寄せる男に恐る恐る確認した。

ミルドレッド侯爵はメリル同様、あまり感情表現が豊かではない。一見無表情に見えるが、今まで見たことがないほど狼狽えているのが伝わってくる。

エリアスは侯爵の追及を受けても、メリルの腰を抱き寄せたまま一向に手を放そうとしない。随分肝が据わっているようだ。機嫌よく笑顔を向けている。

「いかにも。僕はメリルと今すぐにでも婚約したい。できればグロースクロイツに帰国すると同時に、彼女を城に招きたいと思っている」

「ちょっと待て。それはさすがに性急すぎるだろう、エリアス」

そう待ったをかけたのはリンデンバーグ国の第二王子、グレゴリーだ。昨夜の舞踏会はグレゴリーの婚約発表の場でもあった。

めでたい気持ちで参加していた舞踏会だが、メリルにとっては波乱の幕開けである。恋愛や社交界とは関わらず、真面目に生きてきただけに眩暈がしそうだ。

――本の世界に浸りたい……。

代り映えのない日常に戻りたい。お気に入りの書庫に閉じこもり、本の香りを堪能したい。

「なにを言う、グレッグ。僕がそんな悠長に待てができると思っているのか？」

「思ってはいないが、常識を考えろと言っているんだ。現にメリル嬢は先ほどから一言も発していないだろうが。緊張している証拠だぞ、少しは解放してやらないと」

グレゴリーがメリルに同情めいた視線を向けた。気遣う言葉がありがたい。

――殿下とも初対面だけど、こんなに優しい方だなんて知らなかったわ。ご婚約されたセシリア様は幸せになれるわね。

第二王子のグレゴリーは騎士団に所属している。大柄な体躯で剣の腕も立ち、爽やかな笑顔が男女共に人気がある。

隣国の王太子とも気安く話しているところから、昔から親交があったのだろう。友好国であり、同い年の王子同士なら子供の頃から知っていてもおかしくはない。

「メリルは緊張しているのか？　楽にしていいんだぞ」

い。

エリアスがようやくメリルの腰から腕を放した。気遣いながら向けられる微笑が目に眩しい。

が、ホッとしたのもつかの間。メリルの左手をキュッと握られてしまう。

「エリアス……」

グレゴリーのなんとも言えない声を聞きながら、メリルは平常心を装っていた。

自由な右手でようやく冷めたカップを手に取り、喉を潤わせる。

——どうしましょう、うんともすんとも言えないわ……。

指を絡められると、心臓が不整脈を起こしそうだ。こんな風に異性と接したことなど一度もない。顔に熱が集まりそうだが、緊張しすぎて指先は冷たい。

——落ち着いて。そもそも殿下に好かれる理由がないわ。

異母妹のプリシラなら愛らしい容姿と声で求婚者が後を絶たないが、メリルにいたってはほとんど社交界に出ないため、日陰の侯爵令嬢と呼ばれていた。

父に似てあまり表情が変わらないことからとっつきにくく、また女性にしては中性的で低めの声もこの国では可愛げがないと思われている。

初対面で一目惚れをしたと言う求婚者など今まで出会ったことがない。よほどのもの好きか、侯爵家の財産目当てか。

——って、相手が王族なら後者はあり得ない。つまりよほどのもの好きということなのかしら……。

侯爵、エリアス、グレゴリーが今後について話し合っていることが、どこか他人事のように思えてきた。あまりに実感が湧いてこない。

まだ夢でも見ているのではないだろうか。

――夢だったら都合がいいわ。昨夜の舞踏会も、プリシラのことも、エリアス殿下との過ちも。

今朝の記憶が蘇る。

まさかこの美しい顔から『お尻を見せてほしい』などと不埒な発言が飛び出てくるとは思わなかった。平手打ちをしてしまっても仕方ないだろうが、相手の素性を知るとこちらが謝りたくなってしまう。

一体なにがきっかけで、どうして一緒の寝台に寝ていたのか。失った記憶を取り戻したい。

「……だが、王族の婚約となると我らの一存では済まないでしょう。グロースクロイツ国の国王陛下から許しを得なくては」

「いや、陛下からの許しは確実に得られるので問題はない。期限以内に花嫁を見つけられない場合は政略結婚を受け入れると約束させられているが、幸運にもメリルを見つけることができた。この縁を父も逃しはしないだろう」

「……幸い我が家は侯爵の位を賜っているため、家柄を考えれば釣り合いは取れるでしょうが、何故そう言い切れるのでしょうか。親の欲目で見てもよくできた娘だと言えますが、一般的な貴族令嬢としては規格外だ。良くも悪くもミルドレッドの血が濃く、本の虫で知識欲が人一倍強い。私としても婿養子をもらう予定でいたため、無理に社交性を磨かせることもしてこなかった。まさか王族に嫁ぐなど、この子には荷が重いと言わざるを得ないが……」

侯爵が苦虫を噛(か)み潰(つぶ)したような表情を浮かべてメリルを見つめた。

メリルも同感である。王族に嫁ぐなど、ましてや王太子妃など荷が重いどころではない。

――社交なんて無理……。王太子妃なんてもっと無理……。ずっと読書していたい。

だがすでに傷物になってしまった。もしかしたらエリアスの子を孕(はら)んでいるかもしれない。その可能性を考えれば、メリルに選択肢はないも同然だった。

エリアスがキュッと力を込めてメリルの手を握った。指先が少しずつ温かくなっていく。

「公にはしていないが、僕は女性の顔が判別できない。特に年頃の若い女性の顔はまったく覚えられないし、わからない。身内だからか母上や、子供の頃から傍(そば)にいる乳母はわかるが、その他の女性は全員顔がぼんやりして見える。だが唯一、メリルの顔ははっきり認識できる。きっと彼女が僕の運命の女性に違いないということだろう」

――ええ……本当に?

にわかに信じがたい話だが、グレゴリーがしっかり頷いていた。女性の顔が判別できないというのは嘘ではないのだろう。

――そういえば似たような事例の論文を見たことがあったっけ……人の顔がわからない、認識できないという人がいるって。でも女性の顔だけ判別できないこともあるのかしら。

「あの、男性の顔は見分けがつくのでしょうか？」

好奇心に駆られて、つい口を挟んでしまった。

「ああ、不思議なことに男性なら判別できるが、それでも顔を覚えるのは得意ではないな。だが女性はダメだ。全員同じに見えるのかまったく区別がつかないし、覚えられない。記憶に残るのは髪と目の色だけだな」

「そうなのですね……」

まさか大国の王太子がそのような問題を抱えているとは思わなかったが、ある意味腑に落ちた。噂で聞いていたエリアスの評判は、このような甘い微笑で女性を見つめる男ではない。どんな美女を前にしても、氷のような冷たい眼差しでにこりとも笑わない。

そこが逆にそそられるそうだが、メリルには理解しがたい世界だと思っていた。何故凍てつく眼差しを向けられて頬を染めることができるのか……顔が極上に麗しいからだろうか。

――噂と実物が違いすぎてエリアス殿下だとわからなかったとしても、何故私だけ彼に認識されたのかしら……。運命の女性と言われて喜べたらいいのでしょうけど……。

実際には困惑の方が強い。

そしてもし本当にメリルの顔だけが認識できるのであれば、メリルが知らない間に舞踏会で目を付けられていたということだ。

林檎酒を飲んで酔ってしまったのはメリルの自業自得だが、その後にぺろりと食べられたのはずっと見られていたからだろうか。

酔った女性に手を出す男性はいかがなものなのか。記憶をなくすほど飲んでしまったのは自分の失態なので、エリアスだけを責められるものでもないが……。

――婚約者の妹に手を出す男性も、婚約もしていない女性に手を出す男性も、同等に思えてくるわ……。

自分はもしかしなくても、男性運がないのかもしれない。

心の中で小さく溜息をついたとき、室内に待機していたエリアスの従者が空になったカップにお茶を注いだ。

メリルが熱々のカップを両手で持ちあげようとすると、エリアスはあっさり彼女の手を放した。

「……そういうことだが、メリルはいいか？」

「え？　あ、はい……？」

――しまった、ちゃんと話を聞いていなかった。

ついうっかり承諾してしまったが、どういう流れになっていたのだろうか。

「よし、ではすぐに婚姻式の準備に取り掛かろう。君は身一つでグロースクロイツにおいで。

なにひとつ心配することはない」

――……え？

「……婚約ではなく、婚姻……？」

「通常王族の婚姻ならグレッグのように婚約式を先に行うが、時間がかかって面倒だ。できるだけ短縮してメリルを花嫁に迎えたい。とはいえ、それでも数か月はかかるだろうが」

エリアスはメリルの片手を持ちあげて、指先に口づけを落とした。

そのまま上目遣いで見つめられると、過剰な色香が放出されているように感じられる。無防備に吸い込んでしまえば意識を奪われそうだ。

「僕の花嫁になってくれるだろう？　メリル」

まるで断られるとは思ってもいない、自信に満ちた顔だ。

逃げ道を探してみるが、すぐには思い浮かばない。

「急に花嫁と言われましても……少し、冷静になりたいと言いますか、頭が追い付いていないと言いますか……。そもそも私は昨日婚約者を妹に取られたばかりなので、婚約解消の手続きが先かと思います」

「それはすぐに手配しよう。問題ないか？　ミルドレッド侯」

「婚約解消の手続きはすぐにでも。しかし頭が痛い話ですな……まさか妹が姉の婚約者に横恋慕をするなど……いや、あんな軟弱な男を選んでしまった私の責任か。メリル、こうなってしまえばもう後戻りはできないことは敏いお前ならわかるだろう。プリシラに婿を取らせてミルドレッドを継がせることにする。お前はエリアス殿下と愛を育み、グロースクロイツに嫁ぎなさい」

「君の望みはすべて叶えてあげよう。ミルドレッド侯爵家が所有する蔵書も膨大な数だそうだが、うちの城も負けていない。グロースクロイツのみならず、他国から取り寄せた蔵書も数多く保管している。君の知識欲を存分に満たすことができるだろう」

「……っ！　本当ですか」

魅力的な提案を聞いて、メリルの目が輝いた。

グレゴリーが一言「食いつきがいいな」と苦笑した。

「もちろん本当だ。それに社交が苦手ならしなくてもいい。必要最低限にすると約束しよう。どうだ？　嫁いでもいいと思えてきただろう？」

エリアスがメリルの顎をくいっと持ちあげた。

至近距離で見つめられたら、メリルの思考が停止してしまう。

美しいアメジストの瞳の奥には隠しきれない甘やかな熱が浮かんでおり、その目に自分の姿が映っている。なんだかふわふわとした夢心地にさせられる。

メリルは自分でも気づかなかった一面を知ってしまった。

――私、殿下の顔が多分とても好みなのかも……。

どうやらメリルは面食いらしい。

クリストフに惹かれなかった要因のひとつは、恐らく顔が好みではなかったからだ。それなりに整った容姿をしていたが、メリルの意識が奪われるほど好みというわけではない。

しかし今は、エリアスに見つめられて懇願されれば、無条件で頷きたくなってしまう。

毎日この顔を拝むことができるのだ。自分好みの顔で甘く微笑まれたら、多少発言がおかしくても、性格に問題があっても許せてしまいそう。

「メリル、返事は？」

目を見つめられたまま艶めいた声で名前を呼ばれると、心臓がトクンと跳ねた。

その鼓動に急かされるように、メリルはつい答えてしまう。

「はい……行きます」

半ば誘導されるようにグロースクロイツ国へ嫁ぐことを決めた直後、ふわふわしていた意識が戻ってきた。

「よし、いい子だ。君が嫁いでくるのを楽しみにしているよ」

頬に柔らかな感触が当たった。

父とグレゴリーの前で頬にキスをされたと認識した直後、メリルは眩暈がしそうになった。

――勢いで頷いてしまった……。

たった一夜で人生が変わってしまうことがこの世にあるのだと、メリルははじめて知った。

第0章

グロースクロイツ国の王太子、エリアス・ノアベルト・グロースクロイツには限られた人間にしか明かしていない秘密がある。

ひとつ目は女性の顔の判別がつかないこと。

母と乳母は見分けがつくが、その他の女性の顔はどんな美女でも印象が残らない。それは幼女から化粧を施した貴婦人まで同じで、覚えているのは髪と目の色だけ。顔の造形はぼんやりとしか認識できず、すぐに記憶の片隅から消えてしまう。

そのため女性に心が惹かれることもなく、にこりとも笑わない。密かに女嫌いの王子だと思われていた。

しかしながら不思議と男性の顔は判別ができるため、周囲はこの厄介な欠陥に気づいていない。

ふたつ目の秘密は、エリアスが子供の頃から一途にひとりの少女だけを想い続けていることだ。

だが彼自身も少女の名前を知らなければ、顔もぼんやりとしか思い出せない。何故ならその少女はエリアスの夢に現れるが、現実世界では出会ったことがないから。

子供の頃から何度も夢に現れる少女の顔ははっきりわかるが、目が覚めるとぼんやりとしか思い出せない。夢の欠片をすべてなくさず目覚めたいものだが、自由自在に夢を操ることは難しい。

いつしかエリアスは、結婚するなら夢の中の少女がいいと思うようになっていた。

子供の頃から頻繁に現れる彼女こそ、運命の女性に違いないという確信を抱いている。

思春期に入り、はじめてのキスの相手はもちろん夢の中の少女だ。

現実ではキスはおろか、女性の顔がわからないという欠点があるが、そんなのは些細なことだ。なにせ夢の中の少女とは相思相愛で恋人同士であり、彼女は唯一無二の大切な乙女なのだから。

愛らしい恋人との逢瀬はエリアスの癒しの時間で、毎晩寝るのを心待ちにしているほど。

今夜こそは彼女の名前を覚えたまま目覚めたいと毎晩願っている。

現実世界でも彼女に会いたいという欲求が出るのは当然のことで、エリアスは時間を見つけては恋人探しを始めていた。しかし一向に見つからない。

王太子の義務として苦手な夜会にも必要最低限参加しているが、見分けのつかない女性ばかりが群がってくるため辟易してしまう。

表面上だけでも愛想を振りまけば、相手を傷つけることになるだろう。エリアスは運命の少女以外を欲していないのだから、余計な恋心の種を蒔かないことにしていた。

しかしながら、大国の王太子が二十二歳になってまで現実に存在するかもわからない相手を追いかけられるのは困る。エリアスの夢にいつまでも付き合っていたら婚期を逃してしまうだろう。

業を煮やしたグロースクロイツの国王は、優秀なのに残念な一面を持つ息子に期限を設けることにした。

「……いいか、エリアス。お前ももう二十二になった。いつまでも名前もわからない、現実に存在するかも不明な女性を追いかけ続ける年齢じゃない。いい加減現実を見て、一年以内に花嫁をだな……」

「嫌です」

父王相手に、エリアスはきっぱり拒絶した。

息子の頑なな純愛……いや、片想いに、国王は頭を抱える。

「いや、嫌ですってお前な……」

「彼女を諦めて適当な貴族女性を娶れと？　相手の顔もわからず関心もないのに形だけの政略結婚をして、巻き込まれた女性が不憫だとは思いませんか」

「それは思わなくもないが、長年傍にいる相手なら徐々に愛情が芽生えるということもあるだろう」

「あり得ません。僕が愛する女性は昔から変わらず彼女ひとりだけです」

きっぱり断言するエリアスを見て、国王は深々と溜息を吐いた。

「兄上の夢見がちなところは筋金入りですね」

そう呟いたのは十歳年下の第二王子、ジョエルだ。エリアスと違い現実主義者であり、去年あっさり同い年の令嬢と婚約した。

「とにかく、だ。これは国王命令だ。お前の愛が本物だというならば、夢の中の恋人とやらを現実世界で見つけ出せ。一年以内にな」

国王命令ならば従わざるを得ない。

エリアスは頷きつつも、ちゃっかり自分の要求を押し通すことにした。

「わかりました。では一年以内に僕が彼女を見つけたら、なにがなんでも彼女を王太子妃にします。見つからなかったらきっぱり彼女のことを諦めましょう」

「おお……、って待て。なにがなんでもというのは言い過ぎではないか？　きちんと相手の意思を確認し、了承を得るのが先だぞ。そもそも相手が未婚とも限らな……」

「僕は諦めが悪いので。見つかったら必ず彼女を落とします」

爽やかな笑顔で言い切った。迷いも不安も一切感じられない、自信過剰な発言だ。

エリアスとは対照的に、国王とジョエルは苦々しい気持ちになった。

「……世の中諦めと引き際を見極めるのも大事だと思いますよ、兄上」

「なにか言ったか、ジョエル」

「いえ、特に」

弟の現実的な発言をさらりと聞き流し、エリアスは国王に署名を残すよう依頼する。

「では、一筆書いていただけますね？　陛下。互いに口約束では済ませないよう、書面に残しておきましょうか」

「用意周到すぎやしないか……」

うっかり国王命令だと言ってしまった手前、書かないわけにもいかない。

気が進まない表情で、一年という期限を設けた婚約者探しを書面に残し、国王とエリアスの両名が署名した。

国王は複雑な表情を浮かべていたが、すぐに持ち直す。その様子から、どうせ期限内に見つからないと高をくくっていることが窺えた。

だがエリアスにとっても、この状況は好都合だった。

――相手の身分がなんであろうと、この署名さえあれば僕の婚姻に反対はできないということだな。本物の彼女を見つけさえすればいい。

エリアスには根拠のない自信があった。

夢の中の恋人は実在しているという不思議な確信がどこから来るのかはわからないが、子供の頃から月に数回も夢での逢瀬を重ねているのだ。幻のはずがない。

夢の世界に入ればすぐに彼女と親しく話せるし、相手からの感情も返ってくる。目覚めたときは相手と触れ合った五感も生々しく残っているほどに。

いい加減夢での追いかけっこも飽きてしまったし、早く生身の彼女に触れたい。そうやきもきしていた状態を国王に見抜かれたのかもしれない。

早く本物の彼女を見つけ出して、絶対に叶わないと思っている国王とジョエルが驚愕する様を眺めるのも一興だろう。

――諦めが悪いところを見せてやろう。

エリアスの不敵な笑みが室内の温度を下げたことを、本人は気づいていなかった。

それからのエリアスは、これまで以上に婚約者探しに専念した。

苦手としていた夜会に積極的に参加し、直感的にこの場にはいないと判断するとすぐに去る。夜会の参加者名簿には毎回目を通し、年頃の貴族令嬢の候補者を次々と絞っていった。

同時に、市井に住む少女の可能性も忘れていない。

エリアスが覚えているのは相手の髪色のみだ。

黒髪、もしくは黒に近い髪色は確実に思い出せるが、その他は朗らかな笑顔や愛らしい声など、感覚的に覚えているところが大きい。

王太子が夢の中の婚約者探しをしているなど大々的に公表できないため、信頼できる側近と騎士団の数名に協力を要請し、黒髪や黒に近い髪色を持つ少女を徹底的に洗いだした。

グロースクロイツの国民は諸外国と比べて色素の薄い髪色を持つ者が多い。

王族は皆淡い金の色を持ち、王家特有の紫水晶の瞳が特徴的だ。多くの国民も薄い茶色や金が混ざった色合いが多いが、濃い髪色を持つ者がいないわけではない。

しかし人海戦術を駆使しても一向に手応えが感じられない。

国王と約束した期限が残り半年を切った頃、エリアスは範囲を国外にまで向けることにした。

ちょうど隣国の第二王子が婚約発表し、婚約式の招待状を受け取ったところだった。

「リンデンバーグか、都合がいいな。これだけ探して国内に手応えがないとなれば、彼女は他の国にいるのかもしれない」

「殿下、さすがに国外となると髪色だけで探すのは厄介ですよ。他にもう少し手掛かりとなる情報がないと」

エリアスの側近であり、乳兄弟のギュンターが苦言を呈す。

長年の不毛な片想いを身近で見てきた身としてはなんとか恋を成就させたいところだが、現実的に無理だろうなという考えがありありと浮かんでいた。

「他の特徴……前にも言ったが、彼女の可愛らしいお尻に三つのほくろがあったくらいだな。

ちょうど三角形になるように並んでいた」

「……殿下、まさか欲求不満になりすぎて、夢の中で都合のいい妄想を見たのでは……」

「都合のいい妄想だったかどうかは、本人を捕まえて確かめない限りはわからない。先日見た夢がちょうどようやく初夜を迎えようとしていたところだったんだ。わかるか？　目が覚めたときの僕の絶望が。これから結ばれようとしていたときに起こされたんだぞ」

「はあ、不憫ですね……（相変わらず）」

「僕を起こしたのはお前だがな」

「私は殿下に言われた時間に起こしただけですよ」

ギュンターの憐れみに若干の苛立ちを感じつつ、エリアスは嘆息した。

あの幸せな光景を思い出すと胸の中が満ち足りたような心地になるのに、一瞬で現実に引き戻された虚しさも同時に思い出してしまう。

白く滑らかな肌、緩やかなカーブを描く背中にキュッと引き締まった腰。

柔らかな丸みを帯びた双丘を両手で堪能して本能のままむしゃぶりつきたいところをグッと我慢していたのだが、夢の中なのだから我慢なんてしなければよかった。

――裸の後ろ姿は覚えているのに肝心な前を見ていないなんて、一体夢の世界はどうなっているんだ。

ままならない苛立ちがこみ上げるが、今さら考えても遅い。それに三角形をかたどる三つのほくろを覚えていただけ上出来だ。

「いや、普通に考えても令嬢のお尻を確認するなんて不可能ですが」

ギュンターのツッコミにはあえて答えない。女性の肌を確認する方法は、手荒な真似をせずともなにかしらやりようがあるだろう。事故を装い飲み物をかけて浴室に誘い、メイドに確認させれば問題ない。

――そうだ、きちんと計画を練れば不可能なことなんてない。女性の協力者がいれば難しくないだろう。

なるべく協力者を増やしたくはないが、やむを得ないなら仕方ない。口が堅くて頼りになる女性をギュンターに選ばせればいい。

「彼女はグロースクロイツの国民ではない可能性が高い。このタイミングでリンデンバーグから招待状が届いたのなら、そこに運命の出会いがありそうだな」

「こんな無謀な人探しをして隣国で見つかったら、正直驚きを通り越して怖くなりそうですが」

寒気がするのか、ギュンターが己を両腕で抱きしめていた。

「知っているか、ギュンター。僕は今まで直感を外したことはない。彼女はきっと、リンデンバーグ王家主催の舞踏会にやってくる」

「その預言が当たりそうで怖いんですが……」

もしも隣国の貴族令嬢であるならば、よっぽどの理由がない限り舞踏会には参加するだろう。もしそこでも巡り合わなかったら、次の策を考えればいい。

エリアスは己の直感を信じて突き進むことにした。これまでなにかに迷ったときは、直感が一番役に立ってきたから。

――ああ、希望の光が見えてきたようだ。

隣国のリンデンバーグはグロースクロイツと建国当時からの友好国だ。エリアスも同い年の第二王子グレゴリーとは近しい間柄である。

幼馴染（おさななじみ）とも呼べる相手の婚約式には当然参加するが、滞在期間を少々長めに設定しておきたい。

エリアスの婚約者探しを把握しているグレゴリーなら、快く協力してくれるだろう。

「口の堅いメイド選びと協力要請もしておくか」

「……無関係な犠牲者が出ないことを祈ってますよ」

その言葉にエリアスも頷いたのだった。

リンデンバーグ国の王城には何度か足を運んだことがあったが、今日ほど心が浮足立つ日

はなかった。

エリアスはいつも以上に気配を研ぎ澄まして、舞踏会をくまなく歩き……視線がひとりの令嬢に吸い寄せられた。

目元にうっすら涙を滲ませた令嬢を見た瞬間、エリアスの心臓が大きくドクンと跳ねた。

——いた。

彼の直感が訴えている。あの令嬢こそが夢の中の彼女だと。

彼女の周囲がすべて背景としてぼやけて見えるほど、彼女の存在だけが視界にくっきり映っている。

今までどんな女性と出会っても、身内以外の女性の顔を判別できたことはなかったのに、視線の先にいる令嬢の顔ははっきり認識できた。はじめて出会う女性の顔がわかるというのは今までにない体験だ。

——ああ、やはり僕の記憶違いではなかった。美しい黒髪と、神秘的な青い瞳。青色のドレスがよく映えているが、彼女なら赤いドレスも着こなせそうだ。

夢の中では常に笑っていて朗らかな印象が強かったが、目の前の彼女は少々印象が違って見える。

感情を極力表に出さないように平常心を装っているようだ。愛想笑いも浮かべず、冷静沈着という印象が強い。

それに一瞬見えた目元の潤みは、きっとなにかあったに違いない。

——なにがあったんだ。

エリアスの心にチリチリとしたなにかが燻りだした。どんな理由があろうとも、自分の恋人が泣かされたのなら黙ってはいられない。

今すぐ慰めに行ってしまおうか。

女性を口説いたことなど現実世界では一度もないが、夢の中では幾度も経験しているはずだ。もしかしたら彼女も一目見て、エリアスを特別な人だと認識するかもしれない。

——もしかして、あなたは私の夢に出てきた……と言われたらすんなり彼女を攫えるんだが。さすがに都合がよすぎるか。

「お待ちください。一体どちらへ？　そんな怖い顔をして女性に声をかけたら、いくら美男子としての名を馳せているエリアス様でも逃げられますよ？」

ギュンターがエリアスの暴走を食い止めた。

正論を言いながらワインを飲む姿を横目で捉え、エリアスは逸る気持ちをグッと抑える。

「見つけたぞ。彼女だ。間違いない。今すぐ攫うぞ」

「急にとんでもないこと言いだした。やめてください、こんなところで犯罪者らしき発言はまずいですって。……って、え？　まさか本当にいたんですか？　殿下の勘違いではなくて？」

「この場で殿下と呼ぶなと言っているだろう。やはり彼女は実在した。僕が僕の恋人を見間違えるはずがなかった」

「まだ恋人ではないですけどね。で、あちらのご令嬢ですか。物静かで知的な印象のあるご令嬢ですね。しかも黒髪とは、エリアス様の夢の通り。お名前と素性は？　まだでしたら声をかけてきた方がいいですね。なんかめちゃくちゃ林檎酒飲んでいるようですけど……」

目元を滲ませていた涙は引っ込んでいたが、先ほどからグラスを三杯ほど空けている。遠目から見ても林檎酒とわかる色合いのグラスだ。

「林檎酒なら女性が飲んでもそう簡単に潰れないと思うが、飲みなれていない場合はどうだろうか。さほど酒精は強くないが、不埒な男に部屋に連れ込まれでもしたら大変なことになる」

「ご自分は該当しないとでも言いたげな口調ですが、今からそれをするのがあなた様だという自覚はないいんでしょうね」

ギュンターのツッコミを無視し、エリアスは適度な距離を保ったまま彼女を見つめ続けた。時折視線を遮ってくる人物が鬱陶しい。

「あ、動きましたね」

四杯目のグラスを飲み干したところで、彼女は少々酔いを感じたらしい。メイドに休める場所を確認している。

「行ってくる」

「え、おひとりでですか？」

慌てるギュンターを置いて、エリアスは彼女が舞踏会の広間を出て休憩室に案内されたのを見届けた。ひとりになってくれるのは都合がいい。

エリアスの心は確信で満ちている。

だが確証がほしい。

すなわち、お尻にある三つのほくろを確認したい。

――口の堅いメイドの名前を三名教えてもらったが、これから湯浴みに誘導するのは難しいな。気分が悪くて休んでいるなら湯浴みどころではないだろうし。

部屋の前で不審な行動をして、人目につくことは避けたい。

どうやって自然に部屋に入り込むかを考えていたとき、部屋の中からガタンッ、と大きな物音が響いた。

「……っ！」

咄嗟に扉を開ける。鍵は閉まっていなかった。

――不用心だな。好都合だが。

自分以外の男が入室したらどうするつもりだったんだという気持ちと、そんなことはさせないという気持ちがせめぎ合う。

そっと扉を閉めて施錠し、ギョッとした。

エリアスの恋人（仮）が、窓に挟まっていたのだ。

「……あ、あれ？　抜けないわ……？」

酔っ払いとは不可思議な行動をするものである。

だが彼女の場合は風に当たりたいという気持ちから窓を開けたのだろう。

窓を上へ押し上げたはいいが、そこで何故身を乗り出してしまったのかはわからない。なにか物を落としてしまったところ、押し上げた窓がうまく留（とど）まっておらず下がってしまったのだろうか。

──なんて危ない真似を。

安全面から、窓がうまく押し上がっていなくても勢いよく下がらない仕組みになっているが、それなりに重量はある。

エリアスは急いで彼女の元へ駆け寄り……ためらいなくドレスをめくりあげた。

下着をサッと下ろし、彼女の臀部にあった三つのほくろを確認すると、何事もなかったかのようにすべてを直した。

この間、わずか数秒の出来事だ。

酔ったまま窓に挟まれている彼女にはなにが起こったのか理解できていないだろう。

「え、え？　誰かいるんですか」

「……っ！」

ずっと聞きたいと願っていた夢の乙女の声がようやく聞けた気がした。

夢の中で聞いていた声よりずっと落ち着いている。どちらかといえば中性的で、耳に心地いい声だ。

ぞわぞわとした震えがこみ上げる。彼女はまさしくエリアスが恋焦がれている相手だと確信した。

「大丈夫か」

エリアスは片腕を腹部に回して彼女が落ちないように気を付けながら、もう片手で窓を開けた。ゆっくりと彼女を窓から離し、近くの長椅子に誘導する。

「怪我はないか？」

彼女はエリアスの声に導かれるように顔を上げた。

少し頬が火照っているようだ。薄紅色に色づく頬も愛らしい小さな口唇も、濡れたサファイアのような美しい瞳もエリアスの心を捉えて離さない。

見つめられるだけで愛を懇願してしまいそうになる。

高鳴る鼓動と局所的に集まる熱をどうにか振り切り、エリアスは彼女の無事を確認した。

「はい、大丈夫です……ご迷惑をおかけしました」

「いや、どうして窓に挟まっていたんだ？」

「風に当たりたかったのと、髪飾りを落としてしまって……」

言われてみれば、彼女の髪が少し乱れていた。

——なるほど、あの窓の下に落としたのか。

「安心していい。君が落とした髪飾りは僕が拾ってこよう」

「え？　そんなご迷惑じゃ……」

「いいや、君のためならこのくらい大したことじゃない。一度僕は部屋を後にするが、僕以外の男を招いてはいけない。いいね？」

初対面のエリアスにも注意を怠ってはいけないのだが、自分を助けてくれた人であり、優しい言葉をかけてくれた相手というのが少なからず彼女の警戒心を緩めているようだ。エリアスの笑顔も相まってか、彼女は疑うことなく頷いた。

——不安になるな。僕以外にもこんなに従順で愛らしいのか。

恐らく林檎酒が彼女の判断力を鈍らせているのだろう。

エリアスは部屋の前で待機しているギュンターにすぐさま見張りの兵士を呼ぶよう依頼した。この部屋には誰一人、男性を近づけないようにと言いつける。

「え？　それでエリアス様はどちらへ？」

「彼女が落とした髪飾りを拾いに行くに決まっているだろう。ああ、それと今夜はこの部屋に泊まるとグレッグに伝えておいてくれ」

「は？　え？　ちょっ、まさかと思いますがまさかですか⁉」

「当たり前だ、既成事実を作っておく」

「ダメダメダメ、ダメですよ！　その顔を存分に有効活用してぺろりと食べる気でしょうが、女性の寝込みを襲うなんてケダモノです！」

「僕はほしいものを手に入れるためならなんでもするぞ。この顔が彼女にとって魅力的に映るなら、それこそ有効活用するに決まってるだろう」

今まで自分の容姿が男女共に好まれることは知っているが、厄介ごとばかりを招いていたため正直あまり好きではない。

だが、もし自分の顔を使って意中の女性を落とせるのなら、これほど喜ばしいことはない。

「まあ安心しろ。なにも本当に無理やり襲う真似はしない。僕の忍耐が一晩続けばの話だが、焦らされるのは慣れている。表向きの既成事実が作れればそれでいい」

「……つまり、ふりをするってことですね？　翌朝誰かに目撃させて噂を作るという……それはそれでなんていう鬼畜……それにもし彼女に恋人や婚約者がいたらどうするんです？」

ギュンターが指先でこめかみを押し当てた。

「ひとりで林檎酒を何杯も飲ませて放っておく男が婚約者なら、別れた方がいい。彼女が特定の男に心を捧げていないのであれば、まだつけ入る隙はある」

「なるほど……？」

「今は逃げ道を塞ぐことと、彼女を狙う男を蹴散らすことが目的だ。傷心中の女性は異性に隙を与えやすいからな。不埒な輩が現れたらどうする」

「その最たる者が殿下なんですがね……」

手段など選んではいられない。ただでさえ国が違うのだから、悠長に構えている時間がないのだ。

この機会を逃せば、彼女を手に入れる可能性が下がってしまう。

――普通に考えれば名前も知らない令嬢相手にどうかしていると思われそうだが、彼女の素性はグレッグに確認するか。彼女を見つめていた人物は数名いたようだったな。

林檎酒を飲んでいた姿はやけ酒に思えた。涙を滲ませていた理由も把握したい。

「あの～、怖いことを確認しますが。例のほくろは……まさかもう？」

ギュンターに恐る恐る問いかけられて、エリアスは極上の笑みを浮かべて見せた。

そして一言「あった」と告げたのだった。

第二章

リンデンバーグ国の舞踏会からひと月が経過した。

メリルはこのひと月の間に、婚約者を妹に奪われて婚約解消し、隣国の王太子と一夜を過ごして純潔を失い、新たに婚約するというとんでもなく濃い時間を過ごしていた。

今まで心穏やかに読書を楽しみ、知識欲を存分に刺激しては社交のすべてを継母と異母妹に任せて、自堕落な引きこもり生活を送っていたというのに……人生とは摩訶不思議(まかふしぎ)なものである。

隣国の美貌の王太子との婚約は現実味がなさすぎて夢でも見ているような気分だ。

——夢だったらよかったんだけど……。

リンデンバーグの国王から正式な婚約の打診を聞かされたときは、腰を抜かしそうになった。

グロースクロイツの王太子が帰国早々に動いたとしても早すぎる。メリルと出会った直後に早馬を出したとしか思えない迅速さだった。

どちらかといえば腰が重く、のんびりとした気性のメリルでは到底叶わない相手らしい。もちろん、逃げようなどとは思っていないが、逃げ道が塞がれたも同然だ。

――あれから二人きりで会話せずに殿下は帰国されてしまったけれど、どうしよう。お尻が見たいと言われた印象が強すぎて、これからが不安でしかない……。

メリルは頬を叩(たた)いたことを謝罪したが、エリアス本人と彼の側近から謝罪は不要だと告げられた。そもそもエリアスの紳士とは思えない発言が原因である。

――酔っていたとはいえ、初対面の女性を襲うような男性なのよね……。きっと合意ではあるんでしょうけど……冷静に考えれば考えるほど、早まったかもとしか思えないわ。

馬車での長旅を経験しながら、そっと溜息を吐いた。

メリルはすでにリンデンバーグを去り、グロースクロイツの王城に向かっている最中だ。

今さら後悔しても遅いのだが、なかなか不安が払しょくできない。

これまでのひと月、ミルドレッド侯爵家には三日を空けずにエリアスからの手紙が届けられていた。

手紙を受け取った当初は、よくある美辞麗句が並べられているのかと思ったが、その中身は予想を裏切るものだった。

手紙の本題はエリアスが読んだ本の感想だ。グロースクロイツの城内にある図書室から一冊を選び、メリルに読書感想文を送りつけていたのである。

それが実にうまく書けており、なんとも続きが気になる内容になっていた。感想文というよりは、本の推薦文に近いだろう。

毎回メリルの関心を煽りに煽ったところで、『ここから先は君自身で読むように』と締めくくられているのだ。

手紙の最後にはメリルと一日も早く直接会えるのを楽しみにしていると書かれているが、メリルの頭は本の内容でいっぱいになる。続きが知りたくてたまらない。

――他国から仕入れた天文学に気象予報の最新の論文、異常気象がもたらす生態系への影響。新しい薬草の栽培方法及び薬学の知識から、冒険譚と大衆娯楽小説まで……我が家にはない蔵書がいっぱいあるなんて、胸が躍るわ。

いつも絶妙なところで手紙が終わるため、うずうずした気持ちになるのだ。グロースクロイツに到着したら、時間が許す限りエリアスが推薦した本をすべて読まないと気が済まない。それでもメリルの好奇心は満たされないかもしれない。

もし毎回愛の囁きを文字にしたためられていただけだったら、メリルの心はまったく動かなかっただろう。こまめに直筆サイン入りの手紙が届くものだから、遊び半分で手を出したわけではないというのは理解できるが、それだけだったはずだ。

母国を去り、単身でグロースクロイツの王城に向かうのが心細くて、後ろ向きな考えばかりしていたかもしれない。

しかし十通以上の地道な読書推薦文がメリルに楽しみを与えていた。

たとえひとりで嫁いでも、孤独には慣れている。ミルドレッド侯爵家でも、家族と言葉を交わさない日が最長でひと月を超えたこともあった。継母はまったくといっていいほど、メリルに関心がないし、学者気質（かたぎ）の父も家族のことは二の次である。

楽しみがあれば、きっと慣れない土地に嫁いでも毎日泣き暮らすようなことにはならないだろう。

エリアスが熱心にメリルを想ってくれているのなら、少なくともひとりはメリルの味方がいる。一体何故それほど好かれているのかは未（いま）だに理由がわからないが、孤独に苛（さいな）まれることはなさそうだ。

――本当、殿下はなんでそこまで私がいいと言うのかさっぱりだわ……。私以外の女性の顔がわからないという理由だけで、そんなに私に執着するものなのかしら？

なんとなくそれは、鳥の雛（ひな）が最初に目にしたものを親と思い込み執着するのと似ている気がする。

他に比較対象がいないから、物珍しくてメリルを手放したくないだけではないか。

自分で言うのもなんだが、他の女性が霞（かす）むほど究極の美女というわけではない。

――髪色が珍しいとか……そういうわけでもないと思うのよね。グロースクロイツではあまりいないかもしれないけれど、リンデンバーグでは黒髪の女性も多くいるもの。

メリルの黒髪は母譲りだ。

産後の肥立ちが悪く、メリルを産み落としてからしばらくして儚くなってしまった。

メリルは実の母のことを姿絵でしか知らないが、ミルドレッド侯爵曰く母親に生き写しらしい。

だが恐らくメリルが母にそっくりなことも、後妻である継母がメリルを気に食わない理由なのかもしれないが。

——容姿ではないとすれば、殿下と私の間になにかあったのかしら。

舞踏会の晩、メリルはエリアスとどう出会いなにがあったのかが未だに思い出せない。だが唯一覚えているのは、髪飾りを拾ってくれたというところまでだ。

大切な髪飾りをわざわざ拾いに行ってくれた恩はあるが、その後どのような経緯があって同衾することになったのか……お酒の威力とは恐ろしい。

今後は極力お酒を飲まないようにしようと決めた。

——あとは私が殿下のお顔に惚れて、慰めてもらったということも否定できないかも……。

メリルが面食いなのを自覚したのはエリアスに出会ってからだが、酔っぱらっていた自分は無意識にエリアスの顔に惹かれていたのかもしれない。

紫水晶のような瞳でうっとりと見つめられれば、初恋もまだのメリルには太刀打ちできない。すべて無条件で頷いてしまう。

もしかして積極的に口説いたのは自分の方なのでは……と怖い想像をし、メリルは頭を左右に振った。もしそうであれば、エリアスが言わないはずがないだろう。

「……プリシラとも別れの挨拶ができないままだったわ。これからミルドレッドは大丈夫かしら」

メリルが隣国グロースクロイツの王太子に見初められたと知った瞬間、プリシラは屋敷を破壊する勢いで怒りだした。

絹のクッションを引き裂き、椅子を破壊し、いくつもの食器が粉々になった。

だがどれも特別高価な一点ものを避けていたあたり、多少なりとも理性は残っていたのかもしれない。

外見は可憐で愛らしいと評されることが多いプリシラだが、中身はおしとやかとは真逆だ。プリシラはとても苛烈な性格をしている。

我がままでほしいものはすべて手に入ると信じて疑わない。常に一番甘やかされたいし優しくされたい願望が強い。

そして何故かメリルに敵対心を抱いている。

『なんで！　お姉様がエリアス殿下に見初められるのよ！　未来の王太子妃⁉　はあ⁉　婚約破棄されて早々になんておかしいじゃない！』

プリシラの妊娠騒ぎを知らなかったミルドレッド侯爵は、普段以上に感情をそぎ落とした表情でプリシラに謹慎を言い渡した。

無表情で静かに怒られるのは、いくら我がままなプリシラにも恐ろしいらしい。傍で聞いていたメリルも背筋が震えてしまった。

屋敷に引きこもって読書三昧な日々を送っていたメリルと違い、社交的なプリシラが大人しく部屋にこもれるとは思えなかったが、予測に反してメリルの出立まで部屋から出てこなかった。

隣国に嫁ぎに行く姉に挨拶もしたくないほど嫌われているのかと思うと、少々胸が苦しい。

——いつからあんな風になったのかしら……昔はもっとわかり合えていたのに。私はプリシラみたいに感情を露わにして泣き叫ぶなんてできないから、ある意味あの素直さが羨ましいのかもしれないわね……。体力使うもの。

子供の頃は、二歳下のプリシラとも仲がよかったのだが、いつの間にか敵対視されている。もしかしたら後妻である継母が、亡くなった前妻とそっくりなメリルに素っ気ない態度でしか接してこなかったから、プリシラもメリルに苦手意識を持つようになってしまったのかもしれない。

継母はミルドレッド侯爵に独身時代からずっと片想いを続けていたらしく、王妃の妹という関係もあり、国王の薦めで後妻として迎えることになったらしい。

つまりプリシラはリンデンバーグの王子と従兄妹(いとこ)同士の関係にあたる。

その血筋もあり、プリシラは社交界でも特に人気だ。わざわざ姉の婚約者を奪うなど、どうにもメリルには理解しがたい。

だがプリシラの暴れっぷりを見ていたら、メリルの婚約者だから嫌がらせ目的で奪いたかっただけで、相手を愛しているわけではなさそうだった。

二人の間には愛情があると豪語していたが、それが事実かどうかも確認できていない。

――まあ、今さらだわ。私はもう嫁ぐ身だし、プリシラのことやミルドレッドのことはお父様たちがどうにかするしかないものね……。

今となっては、メリルは不思議と婚約者だったクリストフに裏切られたとは思っていない。二人の関係性を知ったときは衝撃を受けたが、やはりさほど相手に惹かれていなかったことが大きい。

血筋に問題はないが、少々気弱なクリストフでは一度火がついたら暴れ馬のごとく屋敷を破壊するプリシラを制御できるとは思えない。

果たして彼に手綱を握ることができるのだろうかとつい心配になるが、余計なお世話だろう。

それよりも自分の今後について考えなくては。

――これから王太子妃教育とか受けさせられるのかしら……。正直私に務まるとは思えないわ。興味があることを一日中勉強するのは苦ではないけれど、人を招いてお茶会の主催者をさせられたらついていける自信がないし……。

想像だけでメリルには力不足だ。謹んで王太子妃の座を辞退したい。

グロースクロイツ王国は、母国リンデンバーグよりも歴史の古い大国だ。

近隣諸国の歴史書を読むのはメリルの趣味の一環のため、建国から現在に至るまでのおよその歴史や近隣国との関係性は把握している。だが貴族間の繋がりや社交界についてはまったくわかっていないし、ダンスの嗜みもほとんどない。

ひとつだけ楽しみなのは、豊富な蔵書を読み漁れることだ。

グロースクロイツの城内には、ミルドレッド家の書庫とは比べ物にならないほど様々な本が保管されているらしい。

エリアスから「読み放題」という甘い誘惑に引かれてつい婚約に頷いてしまったが、時間が経てば経つほど、エリアスの美しい顔と本の魅力に抗えなかっただけかもしれない。

――でも本当、読み放題は楽しみだわ……。殿下に教えてもらった本を読み終えた後も、暇を感じる間もないほど本を読めるなんて、考えただけで天国。どれだけ私の好奇心と知識欲を満たせるかしら……って、目先の楽しみに逃げるよりも今後の殿下とどう接するかも考えなくちゃ。

また彼の顔に見惚れて、よく考えないまま流されないようにしなくては。突拍子のないお願い事を跳ねのけられる強さがほしい。

純潔は失ったが、幸いなことに妊娠はしていなかった。月の障りが来たとき、これほどまでにホッとしたことはなかっただろう。

それに未婚の娘二人に妊娠疑惑が出たとなれば、父の心労はさぞや重かったはずだ。そういえばこの一か月で父の白髪が増えた気がする。

——ああ、着いてしまった……。

グロースクロイツ王城前に馬車が到着した。

必要最低限のものだけをトランクに詰めて行こうと思ったが、何度も読み返したい本が多く、当初よりも荷物が増えてしまった。

それでも泣く泣く諦めた本は両手では足りない。

馬車から降りたメリルは、さっそく衣装を着替えさせられた。動きやすい簡素なドレスから、上質な生地のドレスを纏い髪の毛も結い直される。

侍女の手で複雑に編み込まれた髪を鏡越しに眺めながら、手際のよさに感心する。

身支度が整ったと同時に、客室の扉がノックされた。

「メリル、会いたかった」

「……っ！　殿下、ご無沙汰しております」

——眩しい……！

神々が丹精込めて作り上げたとしか言いようのない美貌を目の当たりにして、メリルは思わず視線を落としてしまった。

国中の乙女の憧れである王太子殿下は、これまた困ったことに声まで極上である。脳髄を蕩けさせるような甘い声音は、耳元で囁かれたくないものだ。理性を失ってしまうかもしれない。

――……でもこの声で私のお尻が見たいって言ったのよね……。

忘れてはいけない。エリアスは互いの名前を交換する前に不埒な発言をしていたのだ。もしかしたら自分の聞き間違えだったのではないかと思いそうになるが。

――顔と声がいいからって騙されてはいけないわ。手が早いのは事実なんだから。

だが手の早さなど一般人は知らないことだ。絶世の美男子である王太子殿下に優しい言葉をかけられたら、さぞや国中の乙女が舞い上がることだろう。初恋泥棒としての名を馳せていてもおかしくはない。

――あ、でもそうか。殿下は女性の顔の見分けがつかないんだったわ。じゃあ私を見てすぐに名前を呼んでくれたのは、特別なことなんじゃないかしら。

全員同じに見えてしまうのか、顔というのがぼんやりとしかわからないのか。その例外が自分というのはなんだか不思議だ。

メリルを前にしたエリアスは満面の笑みを浮かべているが、周囲の反応からいかに珍しいことなのかが伝わってきた。

先ほどメリルの髪を編んでくれた侍女は静かに目を丸くしている。

「さあ、こちらにおいで。長旅で疲れただろう。ゆっくり休むといい……と言いたいところなんだが。その前に、陛下が君に会いたいそうだ。断ってくれても構わないが、どうする？」

「……ありがとうございます。ぜひご挨拶させてくださいませ」

――断るなんて無理です。

そっと心の中で呟いた。

由緒正しい侯爵家出身とはいえ、国王相手に我がままを言うことはできない。よほど体調が悪くない限りは、大人しく従うべきだろう。

「そうか、気を遣わせてすまないな。では一緒に参ろうか。僕が君をエスコートするから心配しなくていい」

「ありがとうございます、殿下」

エリアスがさりげなくメリルの手を取り、腰を抱き寄せてきた。その光景を見て、ふたたび侍女たちが固まっている。

――今まで女性のこういった扱いすら見たことがなかったということね……。

グレゴリー曰く、王城では密かにエリアスの恋愛対象が同性なのではないかという噂があったそうだが、それも仕方ないのかもしれない。

しかし腰を抱かれながら歩くのはなかなか慣れない。元婚約者ともこれほど接近したことはなかったのだ。

さりげなさを装い離れようとするが、エリアスはさらにメリルを抱き寄せてきた。身長差があるため歩きにくいと言うべきか迷うところである。

ぎこちない歩みでなんとか謁見室にまで到着した。

入室の許可が言い渡され、室内に入る。

「長旅ご苦労だった。そなたがミルドレッド侯爵家のメリル嬢か。リンデンバーグ国から到着早々に呼びつけてすまない。疲れてはいないか？」

「女性は支度がかかるのだからすぐに呼び寄せるのは酷だと言ったのに、陛下ったらせっかちでごめんなさいね」

グロースクロイツの国王はメリルの父親とあまり年齢が変わらなそうだ。

年齢不詳の王妃と、そしてエリアスとよく似た面差しの少年が二人を待ち受けていた。

エリアスの美貌は王妃譲りだが、国王も整った顔立ちをしている。王族のみに受け継がれる紫水晶の瞳は優しそうだ。

「ありがとうございます、お会いできて光栄です。改めまして、メリル・エメライン・ミルドレッドと申します」

エリアスが頑なに腰から手を外さないため、メリルは簡素な礼に留めた。

——私の声を聞いても普通の反応だわ……。文化の違いはあるのかもしれない。

一般的にリンデンバーグでは、プリシラのように鈴の音を転がしたような愛らしい声音が好まれる。

対して、グロースクロイツでは声の高い女性は知性が低いと思われる傾向があるらしい。社交的で明るい女性も、落ち着いた声色を出すように意識しているそうだ。

メリルの声は、少年の声にも聞こえるほど中性的で落ち着いている。

リンデンバーグでは男女ともに眉を顰められることが多く、時折陰口を叩かれることもあった。いつしか身内や親しい友人以外と話すことを避けるようになっていたが、この国ではメリルの声を厭う人は少ないかもしれない。

一人掛けの椅子と長椅子に腰を掛けるよう勧められるが、メリルは当然のようにひとりで座ることが許されなかった。

ぴったりと寄り添うように、エリアスが座ってくる。

「さあ、おいでメリル。僕の膝の上に乗せてあげようか。特等席だ」

「……殿下を椅子扱いにはできませんので、ご遠慮いたしますわ」

冗談を仄めかしてくるエリアスの提案をやんわり断る。

もしかしたら冗談ではないのかもしれないが、あまり深く考えたらいけない。つかみどころがなくて少々困る。

「あ〜、ごほん。エリアス、いくらお前でもまだ婚約したばかりの身だ。適切な距離を保つことを覚えなさい」

――もっと仰(おっしゃ)ってください、国王陛下。

心の中で応援する。

だがエリアスは飄々(ひょうひょう)と受け止めただけのようだ。

「なるほど、適切な距離ですか。……メリル、僕たちはどのくらいの距離感が心地いいか、これからじっくり試していこうか」

「え……」

――困ります。

はい、とも、いいえ、とも答えにくい。

できれば遠慮したいところである。

しかしズイッと身を乗り出されるようにしてエリアスの顔を直視すると、メリルの思考は熱に浮かされたように停止してしまう。

顔が赤くなるのを気合いで止めるが、果たしてうまくできているのだろうか。

エリアスが女性であれば、間違いなく傾国の美姫(びき)と呼ばれたことだろう。

――この顔はずるいわ……。

エリアスの過剰な色香を吸わないよう、呼吸にも気を付けたい。

「父上の苦言すらイチャイチャに利用しようとするとは。兄上の身の振る舞い方には勉強させられますね」

「ジョエル、見習わなくてよろしい」

メリルも王妃の発言に同意したくなった。

「ごめんなさいね、メリルさん。エリアスがなにかあなたを不快にさせることをしたら、遠慮なく私を頼ってちょうだいね。いつでもあなたを匿う準備はできていますから」

――匿う……頼りになるけど、怖いことを言われている気がする……。

一体なにを想定しているのだろうか。

本の世界とばかり向き合ってきたメリルにとって、この場の会話は高度すぎた。どのような回答が望ましいのかがわからず、無難に「お気遣いいただきありがとうございます」と答えるだけで精一杯だ。

「母上、匿うとは人聞きの悪いことを。僕が彼女に嫌われることを前提で進めないでくださいね」

「お前が彼女に嫌われるようなことをしなければいいだけのことよ。住み慣れた土地を離れて王家に迎え入れるんですもの。彼女の心配事も憂いもすべて払うよう、努力を惜しまないことね」

「もちろんです」

――私は図書室に入り浸れる権利があればそれで……とは言いだせないわ……。

香り豊かなお茶と焼き菓子を堪能しつつ、メリルは控えめな笑みを貼り付けたまま精神力を試されていた。


和やかな謁見が終わり、メリルは客室へと案内されることになった。

王族の居住区域の前にはきちんと見張りが立っており、一般的な区域とはカーペットの色で区分けがされているらしい。

――グロースクロイツの王家の色は紫が使われると書物に書かれていたけど、城のカーペットまでとは思わなかったわ。

リンデンバーグの王家の色は真紅だ。そのため王家主催の舞踏会ではその色を避けるという暗黙の了承が存在する。

「あの、殿下？　てっきり先ほど使用した部屋へ案内されているのかと思ったのですが、こちらは王族の皆様の居住区域ですよね」

「ああ、そうだ。よく気づいたね」

「……私はどちらへ案内されているのでしょうか」

――なんとなく嫌な予感がする。

エスコートをされている手はじっとりと汗ばんできそうだ。

エリアスはさりげなくメリルの手を握り直し、指を絡めてきた。咄嗟に手を引き抜こうとするが、がっしり握られて外れそうにない。

「もちろん、君の部屋だ。……さあ、ついたよ。ここだ」

両開きの扉を開いた先は、ミルドレッドのメリルの私室より数倍広い。

王太子妃となるメリルに合わせられた質のいい調度品と、暖色系のカーテンに壁紙が使用されており、全体的に温かな色合いの部屋だ。

応接間があり、両隣に続き間があるようだ。寝室と浴室、衣装部屋もあるのだろう。

「素敵な部屋ですね」

率直な感想が零れた。

居心地がよさそうな部屋を用意してもらえて大変ありがたい。本棚は何冊くらい収納できるだろうか。

「そうだろう。メリルはあまり煌びやかすぎるものは好まないかと思い、落ち着く色合いですべて揃えたんだ。これから君が好きに好みのものを揃えてもいいし、壁紙やカーテンも変更しても構わない」

「お気遣いありがとうございます。とても素敵なので、このままで十分ですよ」

壁にかけられている風景画はメリルも知っている画家のものだ。王家の美術館に保管されていそうなものが、自分の部屋に飾られておりドキッとする。

――さすがグロースクロイツの王家だわ……。値段がつけられない画家の絵画を私室に飾るなんて……触らないように気をつけなくちゃ。

きっと絵画だけではない。その他の調度品や花瓶に出されるカップにいたるまで、値段がつけられない代物ばかりだろう。

プリシラの破壊衝動が抑えられそうなものばかりに囲まれていると思うと、妙な緊張感がこみ上げてきそうだ。

――あれ？

部屋全体を見回してふと思う。

自分ひとりで使用するには広すぎやしないか。

「こっちが寝室だ」

手を拘束されたまま続き部屋に入ると、部屋の中央に大人三人は寝られそうな寝台が置かれていた。

「寝心地よさそうですね……」

「そうだな、今夜試してみようか」

なんとなく含みのある言葉に聞こえてやまない。

「ちなみに殿下のお部屋はどちらですか？」

念のための確認をすると、エリアスはメリルに蕩けるような笑みを見せた。

「君から僕について尋ねられるのは気分がいいな。そんなに僕と一緒にいたいと思ってくれていたのか」

「え、いえあの……はい、そうですね」

――否定しないでおこう。

エリアスの機嫌がいいならそれで構わないと思ったのだが。

「それは光栄だ。君に喜んでもらえるなら、さっそく今夜から僕もこの部屋に移動しよう」

「……え？」

とんでもないことを言いだした。

「侍女も連れずにひとりで嫁いできたメリルが寂しがる可能性も考慮していた。僕の方はいつでも部屋を移れる準備をしていたから安心していい。もう少しメリルと心が通じてからの方がいいかと思っていたが、杞憂(きゆう)だったようだな」

――いえ、杞憂ではありませんが……！

「あの……」

「それにここは王太子夫妻が使用する部屋ではあるが、メリルが窮屈なら離宮に移ることも可能だ。すでに陛下からも許可は得ている」

「ええ……！」

いきなり離宮に住むと疎外感を感じてしまうだろうという配慮から、しばらくはこの部屋に滞在できるようにしたらしいが、メリルの情報処理が追い付かない。

元々移動する気満々だったのではないかとか、いきなり王太子夫妻の部屋をあてがわれるとは思っていなかったとか、今日から一緒の部屋に住むなどどういうことなのだ。

——ま、負けてはダメだわ。

勢いに飲まれてしまえば、すべてエリアスの思惑にはまってしまう。

メリルの意思を無視することはしないだろうが、それでも最初が肝心だ。

「恐れながら殿下。先ほど国王陛下は、私たちに適切な距離を守るようにと仰っていましたわ。まだ婚約しただけの身で、いきなり王太子夫妻の部屋を使用してもよろしいのでしょうか」

「ああ、もちろん構わない。メリルが僕の花嫁になることは決定事項だ。なにがあっても覆らないし、それなら最初からこの部屋に慣れてもらった方が都合もいい」

なにがあっても覆らないと言った瞬間、エリアスの瞳の奥がギラリと光った気がした。絶対に逃がさないという強い意志を感じ取り、メリルは捕食者に睨まれた草食動物のような気分を味わう。

——怖い……。

「で、ですが、急に同室というのはちょっと……」

——私の心臓を止める気ですか？

自分の視界に、常に極上の顔が写りこむなんて。心が休まる気がしない。

一番だらけたい私室ですら、完璧な状態を見せなくてはいけないではないか。考えるだけで疲れそうだ。

——寝台に寝転がったまま本を読むのもはしたないとか思われそう……。

元々メリルはなにかに没頭すると寝食を忘れてしまう。気になる調べものをしていたら朝になっていたということもしょっちゅうあり、メリル付の侍女から小言をもらってばかりいた。一日寝間着のまま過ごしていたことすらある。

メリルの戸惑いを感じ取ったのだろう。エリアスは一言「王太子妃（メリル）専用の部屋もある」と告げた。できればそれを先に言ってほしい。

「反対側の部屋をまだ案内していないだろう。こっちだ」

先ほどの応接室に戻り、別の扉を開いた。

メリルが使用していたミルドレッドの私室より一回りほど大きな部屋だ。

中央にはひとり用の寝台も置かれておりホッとする。これなら別々で寝られるだろう。

よく見ると衣装部屋も完備されており、この部屋で身支度が整えられるようになっていた。

窓の傍には鏡台以外にも文机があり、鍵付きの引き出しもついている。ちょっとした手紙や書類を収納するのにちょうどいい。

後は大きめの本棚と、夜更かししても大丈夫な灯（あか）りがあれば完璧だ。

本棚の前には座り心地のいい椅子か、ラグの上にふかふかのクッションを並べて寝転がりたいところである。

「可愛らしい部屋ですね。ありがとうございます」

「他に足りない家具があれば用意させよう。メリルなら本棚がほしいんじゃないか？」

「よくおわかりで……。そうですね、ここの壁にこのくらいの背丈の本棚があれば嬉しいです。国から持ってきたものを収納したく」

「すぐに手配しよう」

エリアスが快くメリルの願いを聞いてくれる。

その寛容さがありがたい。

――……ひとまずよかったわ。ずっと殿下と一緒だったら気が休まらないところだったけど、ひとり部屋があるなら安らげそう。

いくらエリアスが好みの顔でも、ずっと傍にいられたら緊張して疲れるだろう。遠くから眺めるだけで満足することもあるはずだ。

メリルが密かに胸を撫でおろしていると、エリアスが「この部屋の寝台を撤去するか」と呟いた。

「っ！　え？　な、何故ですか」

「はじめから気に食わなかったからな。夫婦にひとり用の寝台など不要だろう？」

――困る、困る！

「私たちはまだ夫婦ではありませんので……適切な距離も大事です」

あからさまに安堵すると、エリアスの機嫌を損ねてしまうかもしれない。

メリルも多少なりとも残念だと思っていることと、国王陛下の言葉を忘れてはいけないことを強調することにした。

「そうか、君も残念だと思っているなら良しとしよう。今は、ね」

「……っ、はい、そうですね」

――や、厄介だわ……！

いろんなところに罠が仕掛けられている気がする。

メリルはなんとも言えない気持ちのまま、ぎこちない笑顔を貼り付けて頷いたのだった。

朝日がカーテン越しに室内を照らし始める時間。メリルの意識はゆっくりとまどろみから浮上する。
――もう朝……？
なにか夢を見ていた気がするが、朝になると覚えていない。だが心はなんだか満たされているような……。

「おはよう、メリル」

「っ！　お、おはようございます……殿下」

――またいた！

グロースクロイツの王城に住み始めてから早一週間が経過した。

幸い寝室は別々のままだが、何故か毎朝目が覚めるとエリアスが寝台の隣の椅子に腰かけている。

椅子を動かしてまでメリルの寝顔を眺めているのかと思うと、寝起きも油断できないと思わざるを得ない。

――変な寝言とか言っていなければいいけど……って、今さらだわ。もう諦めよう。

寝ぐせを気にするのも諦めた。身支度を整えていない淑女の部屋に忍び込んでいるのだから、そのくらいエリアスは気にしていないのだろう。

それにしても、とメリルは思う。

――朝日を浴びて毎朝神々しいですね……。

金の髪には天使の輪が浮かんでいるようだ。緩く癖のついた髪が一層煌めいて見える。

足を組んで座っているだけなのに宗教画を見ているような心地になる。一枚の絵画のように美しいが、エリアスの姿を写実的に描くのは難しいだろう。画家が筆を折るかもしれない。

――ますます隣に並ぶのが私でいいのかしら……。

エリアスの華やかさには誰も敵わなそうだ。

「あの、今朝はいつからそこにいたのですか？」

衣服に乱れがないことを確認してから、メリルは上体を起こした。

毎朝エリアスが部屋に入ってきた気配を感じていないところから、自分の眠りは深いのかもしれないと思いつつある。

「メリルが起きる少し前だ。ちょうどこの部屋に朝日が差し込む頃に来ているから。朝日を浴びると人は自然と目が覚めるからな」

「……それはそうですが……毎朝起こしに来ていただくのは申し訳ないので、殿下もご自身の睡眠を優先していただきたく」

「メリルが朝起きて一番最初に目に映すものが僕でありたいという勝手な我がままだ。気にしないでくれ」

勝手だという自覚はあるのだな、と思いつつも口には出さないでおいた。

——私は毎朝目が潰れそうですが。

今も眩しくて目をしっかり開けられない。

まだ脳が覚醒していないのだろう。

「ところでメリル。いい加減僕のことを殿下と呼ぶのは他人行儀だと思わないか」

そろそろ着替えたいので、とやんわり退出を促そうと思っていたら。エリアスから突拍子もないことを言われた。

「はぁ、そうでしょうか」

「そうだ。君はジョエルのことも殿下と呼んでいるだろう。婚約者の僕と弟が同じ扱いなのは気に食わない」

「……それは、失礼いたしました。では今後は、エリアス様とお呼びしてもよろしいですか？」

「エリアスでもエリーでもリアスでも好きに呼んでくれて構わないぞ」

恐らく両陛下すら呼んでいない愛称まで提示されたが、メリルはやんわりと断ることにした。

「エリアス様と呼ばせていただきます」

「君になら様もいらないんだが」

「そういうわけにはまいりません」

無茶を言わないでほしい。そしていい加減洗面所を使いたい。

我の強い王太子をどのように誘導するべきか考えていたら、タイミングよく寝室の扉がノックされた。

「失礼いたします。お目覚めでしょうか、メリル様」

メリル付きの侍女、アリーシャが起こしにやってきた。だが一度もエリアスより早くやってきたことはない。

「おはよう、アリーシャ」

「おはよう」

メリルの後にエリアスも挨拶をした。

「おはようございます。殿下は今朝もお早いですね」

エリアスが先に部屋にいることはもはや驚きでもないらしい。一礼後、慣れた様子でカーテンを開けていた。

侍女が来たことでようやくエリアスも腰を上げる。

「ではメリル、また朝食の席で」

「はい、後ほど」

扉が閉まると、朝の一仕事が終わった心地になる。

一体この毎朝の習慣はいつまで続くのだろうか。

顔を洗って戻ってくると、アリーシャが衣装部屋から数着ドレスを抱えて待ち構えていた。

「メリル様、お召し替えをいたしましょう。本日のドレスはどれになさいますか？」

「どれも素敵なので迷うけれど、動きやすくて装飾の少ないものが……」

そうメリルが言うことを見据えて、アリーシャはシンプルなドレスを選んでいる。装飾が少なくても生地は上質だ。

「では本日はこちらの薄紅色のドレスにいたしましょう」

明るい色のドレスはあまり着慣れない。

今までそのような色合いのドレスはプリシラの色だと思っていたから。

――ミルドレッドにいた頃は寒色系のドレスばかり着ていたわ。髪が黒くて目が青いから、明るい色は似合わないって言われて……。

あれは誰に言われた言葉だったか。覚えていないが、恐らく継母の言葉だろう。

「メリル様の肌色には明るい色合いがよくお似合いです」

有能な侍女がそう褒めてくれることが嬉しくもくすぐったい。

「そうかしら、ありがとう」

自分の中で勝手に根付いていた思い込みが払しょくされていく。

女性なのに低めの声がみっともない、暗い髪色に明るい色は似合わない。そんなことを言われて育ってきたが、この城では否定的な言葉を聞いていない。

――なんとなく、呪縛をひとつずつ解かれているような心地になるわ。

自分で自分の枠を作っていたら、壊してもいいかもしれない。

鏡に映る姿を見て、メリルは小さく笑みを浮かべた。

エリアスが約束してくれた通り、メリルには城の敷地内にある図書館への出入りを許されることになった。

――本の匂いは最高だわ。

疲れていても、一瞬で心が安らいでしまう。少しこもった空気と直射日光が入らない造りの建物がメリルの心を癒してくれた。

「本だけの建物があるなんて、すごく贅沢よね……」

王城内にもいくつか書庫があるが、主に文官が使用する資料部屋らしい。そのため蔵書は限られている。

珍しい専門書や近隣諸国から取り寄せた本は、城とは別に建てられた図書館にすべて集められているそうだ。

グロースクロイツの国民は識字率が高い。田舎に住まう一般市民も読み書きができるため、王都にも小規模ながら王立図書館が建てられている。

――本で溢れた国なんて素敵だわ……リンデンバーグも識字率は高かったけれど、王都から遠く離れた田舎ではまだ文字を読めない人がいるとか。

それでも他の国と比べれば、リンデンバーグも十分学問に力を入れている。

ミルドレッド侯爵領は特に領主一族が知識欲旺盛の変わり者のため、領民は初等部教育を受けるのが義務だった。

人は楽しみがあれば進んで本を読む。大衆向けの娯楽本は若い女性に大人気だ。

——私もたまには学術書ばかりじゃなくて、大衆向けの本にも挑戦してみようかしら。男女の恋愛小説には一切手を出したことがないが、エリアスに振り回されてばかりの身だ。圧倒的に恋愛面による情緒と知識が足りない。

「……未だに私のどこがよかったのかがわからないし……」

エリアスと共に過ごし始めてから一週間が経過しているが、何故メリルを選んだのか納得のいく理由を聞いていなかった。

メリルの顔を褒められることもあるが、内心微妙な気持ちになる。比較対象が王妃と乳母の二人しかいないのでは？　と思うのだが、あまり考えすぎないようにしていた。

——エリアス様は強引な方ではあるけど、同時に慎重な方でもあると思うのよね……。一時の感情に流されて、ご自身の未来の伴侶を選ばれるとは思いにくいわ。

甘やかな声に流されそうになるが、エリアスの瞳の奥は時折なにかをじっと観察しているように思えていた。

まるで見えないなにかと比べられているような……。

——でも比べるって、なにと？　初恋の女の子とか？　……待って、エリアス様は初恋もまだなんてことは……。

あり得そうな気がする。むしろ初恋を経験できていたのだろうか。

エリアスは女性の顔がわからないだけで、男性の顔は一応判別できるらしい。相手の名前と顔が一致し、誰が話しかけてきたのかはわかるそうだが、女性となると顔を覚えられない。

――となると、初恋相手が同性の可能性もありそうよね……。いえ、女性でも頻繁に接していたら情が芽生えるし、優しくされれば好ましいと思ってもおかしくはないわ。

だが何故だろう。なんとなくこの話題をエリアスに確認するのはよろしくない気がする。どうしても気になるならエリアス本人に確認するより、いつも彼と一緒にいる側近のギュンターの方が……。

「おや、メリル様。奇遇ですね、こちらで遭遇するなんて」

「……っ！　ギュンター様、ごきげんよう」

通りすがりのギュンターが、本棚の前で立ち尽くしていたメリルに声をかけた。ちょうどギュンターのことを考えていただけに、メリルの心臓がドキッと跳ねた。

彼は数冊本を持っている。なにかの資料を集めていたのだろうか。

「ここは広いですから、同じ建物にいてもすれ違うことは滅多にないですよね。なにか探しものですか？　私でよろしければ一緒に探しますよ」

「お気遣いありがとうございます。特に探しものをしているわけではないので大丈夫です。どんな蔵書が揃えられているのかじっくり眺めてみたくて」

メリルがいる本棚には、近隣国の文化について綴られている本が多い。歴史書もあるが、同じ並びに食文化についても綴られている本があった。食について調べるのも面白そうだ。

「そうでしたか。ぜひゆっくりお楽しみください。お困りごとがある場合は、司書のマーティンに尋ねるといいですよ。彼はなんでも知っていますから」

「そうなのですね、ありがとうございます。心強いですわ」

物知りな司書とはぜひお近づきになりたい。

この図書館をどこからどう回るのが一番面白いのか、確認してみたくなる。

メリルの様子を眺めながら、ギュンターが声を落として尋ねてくる。

「ところで、メリル様。殿下との仲は順調ですか？」

「……っ！　どうなのでしょうか……殿下はとてもよくしてくださっていますが、まだいろいろと戸惑うことが多いので。環境の変化に順応することを優先に考えていますが、殿下のお顔を至近距離から眺めることにようやく慣れつつある、と思っています」

恋愛経験がないため、自分の気持ちがどこにあるのかがわかっていない。

ミルドレッド侯爵家にいた頃から、エリアスは頻繁に手紙を送っていた。少し癖がありつつも読みやすくて綺麗（きれい）な文字だった。

メリルは手書きの文字を読めば、大体の人となりがわかると思っている。文字は相手の心を映す鏡だ。

手紙を読むにつれて、メリルはエリアスに対して好感を抱くようになっていた。しかしまだ恋愛感情を抱くまでには至っていない。

ギュンターはそんなメリルの様子を微笑ましい表情で見つめていた。どことなく安堵も混じっているようだ。

——あ、そうだわ。ギュンター様に聞きたいと思っていたことがあったんだった。

周囲に人がいないことを再確認し、メリルも声を落としてギュンターに問いかける。

「私から質問してもよろしいでしょうか」

「もちろんです、私でよければなんなりと」

メリルはなにから確認するべきかと逡巡し、先ほど思っていた疑問を直球で尋ねることにした。

「……エリアス殿下の初恋の相手って、男性でしたか？」

「まさか！　メリル様に決まってますでしょう。なにせ殿下の長年の恋人（自称）なのですから」

「長年の恋人？」

謎が増えた。

——えっと、私ではなくて別人では？

何故エリアスが自分を選んだのかを確認したかったのだが、どういうことだろうか。

「ええ、メリル様は昔から殿下の夢の中の恋人で間違いないと断言していましたし……って、まさかこの話ご存知ではないなんて……」

「初耳ですわ」

ギュンターが口を閉ざした。明らかに失言してしまったと狼狽えている。

――ここでギュンター様にお答えしてもらえなくなったら、貴重な情報源が……！

メリルは一歩踏み出し、ギュンターに歩み寄った。

「もっと詳しくお話を聞かせていただけませんか。私はずっと不思議だったのです。どう考えても殿下は一時の感情に流されて、出会ったばかりの私と一夜を過ごすような強引な真似はされないと思うのです。むしろ慎重に相手のことを調べて、相手が逃げられないように囲い込んでからなら理解できるのですが……」

「おお……よく把握されていますね……」

ギュンターも同意した。

やはりエリアスの行動は彼らしくないようだ。

「いくら殿下が私の顔だけをはっきり認識できるからって、本当にそれだけが理由だとは思えませんわ。夢の中の恋人というのはどういう話なのですか？　私が殿下の夢にずっと現れていたということでしょうか」

――そういえば昔読んだ本に、予知夢というものについて書かれていたような……。未来の現象を夢の中で見るという、変わった能力がある人間がいるとか。

まさかエリアスがそうなのだろうか。

「え……と、そうですね……」

ギュンターの視線が泳いでいた。

もはや観念するしかないと、彼の目が物語っている。

「ええと、詳しいことは殿下本人に直接聞いてくださいね。このことは両陛下とジョエル殿下、私しか知らないことなのですが……」

メリルも慎重に頷いた。王家の秘密は国家機密だ。

「はい、誰にも言いません」

ギュンターは詰めていた息を吐くと、なんとも非現実的かつ少女の夢物語のような話をしだした。

メリルは三度瞬きをした。

思いもよらない話を聞いたため、うまく飲み込めない。

「……ええとつまり、エリアス殿下には子供の頃から夢に現れる少女がいて、ずっと彼女のことを一途に想い続けていたため、いつしか現実世界でも出会えると信じて探していた……と。夢の中の彼女とは結婚の約束までしていて、恋人同士だったということで合ってますか？」

「改めて冷静に聞かされると、うちの王太子殿下は頭大丈夫かなって思われると思いますが……、恐ろしいことに事実です。わずかな手掛かりだけを頼りに、陛下が提示した期限内に本物の夢の乙女を探し出せたら彼女と結婚する、見つからなかったら陛下の命令通りに結婚するという約束までしていた始末です」

詳しいことはエリアス本人にと言っていたが、ギュンターから貴重な話を聞かせてもらえた。にわかに信じがたいが、国王も関わっているのなら嘘ではないのだろう。

——想像もしていなかった話だけど、これだけははっきり言えるわ。

「殿下の夢に現れていた少女は、私ではありませんわ」

メリルがエリアスのことを知ったのは舞踏会の翌朝だ。それまでグロースクロイツの王太子についてはまったく知らなかったし、気になったこともなかった。

「もしも殿下が見ていた夢がただの夢ではなかったのなら、どちらかが一方的に覚えているだけというのもおかしな話です。探し求めていた女性側も、なんらかの夢の欠片を覚えていていいはず。ですが私には、子供の頃から不定期に夢に現れる少年がいたことはありません」

エリアスの夢に出てきた少女が実在するのなら、その少女もエリアスについて覚えているのではないか。

夢の中で出会い、逢瀬を重ねてきた二人が現実世界でも巡り合って惹かれたのだとしたら、なんて素敵な運命だろうと思えるが。

現実はおとぎ話のようにはうまくいかない。

——なんだか冷たい水を飲んだ後みたいに、胸の奥がスッとしてるわ……。愛情が芽生える前に冷静さを取り戻した感じ……。

「正直なところ私も信じがたい話なんですが、殿下がメリル様を選んだというのはなにか運命的なものを感じるところがあったからだと思います……って、すみません。余計混乱させてしまっただけですね。お忘れください」

ギュンターが謝罪した。

メリルは慌てて、問いかけたのは自分の方だと告げた。

「頭を上げてください。正直に答えていただけてよかったです。私も殿下がなにを考えているのか直接確認しますわ」

「そうですか……」

不安そうなギュンターに別れの挨拶をし、メリルは窓際のテーブル席に座った。いくつか面白そうな本をテーブルに置いているが、まったく読む気になれない。

「現実に出会ったこともない特定の人物が、不定期に夢の中に現れて愛情を育むことなんてできるのかしら？」

夢物語としか思えない話だ。にわかに信じがたい。

だが、それをエリアスが信じているというのがもっと信じられない。彼は現実主義者に思えていたが、実はロマンティストらしい。

――わずかな手掛かりを頼りに、実在するのかもわからない相手を探し続けていたなんて。

情熱的な人だと感心するやら、呆れるやら……。

国王が期限を設けたというのは納得できる。大国の王太子が婚約者選びをせずに、夢の中の恋人ばかりを追いかけていたら、いい加減現実を見よと言いたくなるだろう。

――ああ、だから謁見室で挨拶したとき、両陛下とジョエル殿下は不思議な表情をしていたのね。

いるとは思っていなかった相手が目の前に現れたときの驚きと、若干の憐れみが混ざっていたようだった。

複雑な感情を分析できるほど、メリルは人の心の機微に敏くない。単純に、強引に婚約した女性を連れてきたことが物珍しいのだと思っていただけだったが、予想外の背景もあったものだ。

窓の外をぼんやり眺める。外は雲ひとつない清々しい青空なのに、メリルの心は曇り空だ。

――私は違うわ。殿下が愛情を育んできた夢の少女ではない。

たとえエリアスがメリルを夢の中の少女だと信じて選んだとしても、メリルは納得がいかない。そもそも確証がないものを信じることは難しい。

曖昧な情報と、非現実的な現象に振り回されているだけかもしれない。エリアスがメリルに優しく接しているのは、彼が勘違いしているからだ。

――勘違いで婚約者に選ばれたのなら、私ってなんなのかしら……。

元婚約者を妹に奪われ、確証もないのに思い込みだけでエリアスに純潔を奪われて、婚約までした。

純潔を奪われたことは、正直記憶がないためさほど傷ついていないが、妊娠していなくてよかったと思う。一夜の過ちで妊娠までしていたら、あまり感情的にならないメリルもわんわん泣いたかもしれない。

――やっぱり僕の勘違いだった、と言われたらどうしたらいいの？

間違いで求婚されたとなれば、あまりにも惨めだ。

だが、互いに傷は浅い方がいい。

「今ならまだ間に合うわよね……」

王太子妃教育も始まったばかり。王族の子供を身籠っていないのであれば、メリルが城を去ったとしても問題にはならない。

ミルドレッド侯爵家には帰れないかもしれないが、父にだけ居場所を伝えてどこか遠い田舎でひっそり暮らせばいい。いっそのこと興味のあった学位を取って、専門職に就くという方法もある。

とても好みの顔を眺めることができなくなるのは残念だが、それも仕方ない。思い出の中でエリアスの顔を堪能したらいい。

胸の奥がチクリと痛んだ気がしたが、自身の感情に鈍いメリルは気づかなかった。

第三章

就寝前のわずかな時間。

人払いを済ませた王太子夫妻の部屋で、メリルはエリアスとハーブティーを飲んでいた。

安眠効果の高いハーブティーは王妃から薦められたものだが、すっきりした味わいで癖もなくて飲みやすい。身体もぽかぽかと温まる優れものだ。

「メリルから話がしたいと誘われるなんて嬉しいな。なにか困ったことがあったらいつでも僕を頼るといい。君の憂いはすべて払ってあげよう」

「ありがとうございます」

真っすぐ見つめられながら言われると、本心から言っているのだと伝わってくる。

エリアスの甘い声音も優しく響き、メリルの鼓膜をくすぐらせた。

目の前の一人掛けの椅子に座り、ゆったりくつろいでいる姿が神々しい。就寝前の簡素な恰好(かっこう)だが、ちらりと見える鎖骨がまた色っぽい。

目のやり場に困りそうだと思いながら、メリルはカップに視線を落とす。

——もやもやしたまま寝られそうにないし、気になることは早く解決させないと……。

「エリアス様にお聞きしたいことがあります」

「君にならなんでも答えよう。僕の身体の寸法も指の太さも足の大きさも」

——何故身体的な寸法ばかりなの？

王家の冗談なのかわからず、メリルはぎこちない笑みを貼り付ける。

カップをソーサーに戻し、ギュンターから聞いたエリアスの探し人について話しだした。

「……エリアス様は、私が夢の中の探し人だと思われていると聞きました。ですが、私にはそうだとは思えません。もしもその女性が実在するなら、彼女もなにかしら夢の欠片を覚えていると思うんです。多少なりともエリアス様の面影くらいはあってもいいのではと」

「それを話したのはギュンターだな。僕から言おうと思っていたが……、まあいいか。それで、メリルには一切覚えがないというわけか」

「……はい。私が覚えている限り、子供の頃から特定の人物を夢に見たことはありませんし、エリアス様のことも舞踏会の翌日に出会った記憶しかありません」

——そもそも朝目覚めたとき、ほとんど夢を覚えていないのだけど。

自分がエリアスの運命の相手だなんて到底思えない。彼の勘違いだ。

それを認めさせてこの婚約を解消した方がいい。運命を演じ続けなければいけないのは不毛すぎる。

メリルは気持ちが落ち込みそうになるのをグッと堪えて、エリアスと視線を合わせた。

彼の紫水晶の瞳がメリルの心の奥まで見透かそうと、じっと見つめてくる。

その視線の強さに一瞬怖気づきそうになった。

「それで?」

「……っ」

エリアスの声がしっとりとした艶を孕んでいる。

先ほどまでとは違った色香を感じ、メリルの肌が粟立ちそうになる。

「つまり……、エリアス様の、勘違いではないかと」

「僕の運命の女性はメリルではなくて別にいると……君はなかなか残酷なことを言う。まさか婚約を解消したいとまで思っているのではないだろうな?」

ひやりとしたものが背筋を伝う。

——高貴で優美な肉食獣に睨まれている気分だわ……。

メリルは額に冷や汗をかきそうになるのを堪えて、恐々とエリアスの問いに頷いた。

「……記憶はありませんが、エリアス様と一夜を共にした舞踏会の晩では妊娠していませんし、今ならまだ婚約解消をしても双方傷が浅いと考えます」

「……孕ませてしまえばよかった」

エリアスが唸るように独り言を呟いた。

「え？　今なんと？」

だがその呟きはメリルには届いていない。

「いや、なんでもない」

エリアスは誤魔化すように女性を虜にする笑みを浮かべる。メリルが一番うっとりと見つめてくれるであろう、彼女が好きな微笑を。

「メリルが言いたいことはわかった。君は僕が感じていたように優しい女性だと再認識できてよかったよ」

「ありがとうございます……？」

「でも僕は君との婚約解消を望んでいない。君が僕から逃げたいのだと、泣いて縋らない限りは放してあげようなどと思っていない」

「……っ！」

泣いて縋って、別れてほしいと懇願する。

――人前で泣いたことがないから想像できないわ……。

プリシラならいくらでも感情の赴くまま、泣き喚いて周囲を振り回すことができるだろうが。メリルは幼い頃から家族の前でも涙を見せたことはなかった。

「子供のように泣きじゃくるメリルもすごく愛おしく思えるだろうから、どの道解放なんて考えられないが」

エリアスがうっとりと呟いた。その呟きは聞かない方がよかった。

――つまり情に訴えても無意味ってことなのね……。

「ねえ、メリル。正直に答えてほしい」

メリルの背筋がピンと伸びた。

「はい」

「僕のことは嫌いか？」

ずるい質問だ。

好きかと聞かれれば言葉を選んだだろうが、嫌いかと聞かれれば嫌いなはずがない。

むしろメリルはエリアスの顔がとても好きだ。毎日見ていても見飽きない。

どの角度から見てもエリアスの外見は惚れ惚れするほど完璧で、むしろ彼が額縁に入っていない方が不思議になる。好みの顔を眺めているだけで時間を潰せるほどに、メリルの面食いに拍車がかかっていた。

だが性格は……いい性格をしていると理解しつつあるが、まだ彼の心のほんの一部にしか触れられていない。

「もちろん、エリアス様のことは嫌いではありません」

「ありがとう。もう二度と会いたくないほど嫌われていないのなら、まだまだ伸びしろはあるということだな」

前向きな返事だ。メリルは思わず口を閉ざす。

正面に座っていたエリアスがメリルの隣に腰を下ろした。

グイッと腰を抱き寄せて、彼女を膝の上に乗せてしまう。

「っ！　エリアス様……っ」

「君がなにを不安に思っているのかはわからないし、これからも心配事はでてくるだろう。でもひとりで悩むより、僕に直接言ってほしい。夢の中の恋人が君じゃなくても、僕はメリルが運命の女性だと信じている。誰がなんと言おうと、僕にとって伴侶となってほしいのは君だけだ」

「……エリアス様……」

――すごく顔が近いです……目がチカチカして潰れてしまいそう……。

頭の奥がふわふわしてくる。彼から漂う色香を吸ってはいけない。飲酒をした後のように酩酊感を味わってしまいそう。

そんなメリルの変化に気づいているのかいないのか。エリアスは己の声を吹き込むように、メリルの耳に囁きかける。

「君に恋心を抱いてもらえるよう、最大限努力しよう。多少強引な手を使うかもしれないが、安心していい。君が嫌がることはしない」

寝間着の上から太ももを撫でられながら、蜂蜜酒のような甘い囁きが落ちてくる。

メリルの鼓膜が甘く震えて、ぞわぞわした震えが背筋を駆けた。囁かれた台詞(せりふ)が半分ほどしか頭に届いていない。

──私が嫌がることはしない……なら、大丈夫かしら……？

「メリル、僕を好きになって」

顎に指を添えられて、視線を合わせられる。

甘い蜜を飲まされたように、メリルはもはやなにも考えられない。

「……どりょくします……」

「ああ、いい子だ。君の方から傍にいたいと言ってもらえるくらい、僕のことを好きでたまらなくなればいい」

額に柔らかなものが押し付けられる。

「唇にもしていい？」

「……っ」

「メリル？」

直接吐息を感じそうなほどの近距離で囁かれる。あと少しどちらかが動いただけで、すぐに唇に触れられそうだ。

──どうしよう、エリアス様の色香が濃厚で……クラクラしてきた……。

エリアスの色香に当てられて、メリルはほんの少し首肯した。

そのわずかな首の動きを都合よく解釈し、エリアスはメリルの唇に己のものを重ねる。

「……っ」

ついばむような口づけを二度、三度と繰り返す。

唇の柔らかな感触が心地いい。次第にメリルの身体の強張りがほぐれていく。

酸素を求めて唇を開けた瞬間、エリアスの舌がねじ込まれた。

驚きのあまりメリルの舌が縮こまる。逃げようとするも、容易く舌に吸い付かれた。肉厚な舌が絡み合い、メリルの口内を刺激する。

ぞわぞわしたなにかが背筋を駆ける。お腹の奥がなんだか熱いのは気のせいか。

はじめての感覚に戸惑いが隠せないが、不思議と嫌悪感は湧いてこなかった。

「ンン……ッ」

飲みきれない唾液が唇の端から零れ落ちた。顎を伝うそれは一体どちらのものなのか。

——く、苦しい……。

呼吸がままならない。酸欠になりそうだ。

「……メリル、ちゃんと鼻で呼吸をしないと」

エリアスが唇を解放した。顎を伝う唾液を舌先で舐めとる。

「ん、はぁ……」

肩を震わせて呼吸を整わせようとするメリルとは違い、エリアスの呼吸は乱れていない。

彼は上機嫌でメリルをギュッと抱きしめてくる。

「はあ、可愛い。赤い顔で潤んだ目を向けられたら、理性なんて吹っ飛びそうだ。いっそ飛ばしてしまっても？」

「……だ、ダメです……っ」

これ以上は身の危険を感じそうだ。キスも許すつもりはなかったが、油断と隙を見せてしまったメリルにもほんの少し非がある。多分。

「……残念。この先はもう少しお預けだな」

笑みを含んだ吐息がメリルの心を余計落ち着かなくさせる。

一体いつまで自分はダメだと言い切れるだろうか。

エリアスが頬に触れてくるだけで、体温が一度上がったように感じる。

――これ以上の戯れは心臓が持たなくなる……！

そう思ったところで、メリルの意識がプツッと切れた。

◆　◆　◆

「メリル？」

声をかけても返事がない。

どうやら腕の中にいる少女は眠ってしまったらしい。

エリアスはメリルの寝顔をじっくり堪能しながら、実にいい笑みを浮かべていた。

「人が一番無防備になる瞬間を僕の前に曝けだしたということは、メリルとはもう両想いということでいいのでは？　嫌いな相手の前なら安心して身をゆだねられないだろう」

慣れない行為が原因で気絶したかもしれないことを都合よく解釈する。残念ながらこの場にギュンターはいない。

何度見ても見飽きないメリルの寝顔を、穴が開きそうになるほどねっとりと見つめながら、エリアスはとても機嫌よく微笑んでいた。

「君はこれから毎日僕に愛を囁かれて、僕のことを意識せざるを得なくなる。常に僕のことで頭がいっぱいになり、僕の姿が見えなくなったら寂しくなり、僕の香水を嗅ぐだけでお腹の奥が物足りないような錯覚を覚えていく」

「んぅ……」

耳元で囁きながら暗示をかける。メリルは抵抗するようにわずかに眉を顰めた。

――眠っていても聞こえていそうだな。

もちろんエリアスも本気で暗示が実現できるとは思っていない、だが、しないよりは効果がありそうだと思っている。

そっと抱きかかえて、ちらりとメリルの寝室を一瞥した。

しかしすぐに視線を逸らし、メリルを抱き上げたまま器用に別の扉を開いた。

「やはり二人の距離を縮めるためには、寝室は一緒がいいと思わないか?」

エリアスが寝起きをする王太子夫妻の寝台にメリルを寝かせる。

彼女の私室はそのまま残しておくつもりだが、今夜から共に寝起きをする方向に持って行こう。彼女が自発的にエリアスと一緒に寝たいと言ってくれたらいいが、正式な婚姻もしていない状況では難しい。

いっそ常識や恥じらいなどは捨ててしまえばいいと思う反面、照れるメリルを存分に可愛がりたい気持ちもある。適切な距離感が大事だと告げるメリルも好ましい。

白いシーツの上にメリルの艶やかな黒髪が広がる。ずっと触っていたいほど、メリルの髪は手触りがいい。

「こうして直接撫でられる日がくるなんてね……君と出会ったあの夜みたいだ」

舞踏会の夜。リンデンバーグ王城の一室でメリルと二人きりで過ごせた瞬間から、エリアスの人生は変わった。

幾度も現実であってほしいと願い続けていたことが、ようやく現実となって目の前に現れたのだ。エリアスの胸に湧き上がった幸福感は言葉では言い表せられない。

夢の中に出てきた恋人の記憶は、あの瞬間からメリルの顔で再生されるようになった。女性の顔だけが判別できないという欠陥を持っているが、夢の中では彼女の顔をきちんと認識できていたのだ。ただ目が覚めると覚えていないというだけで。

「君は自分ではないと言うけれど、僕は君がずっと探し求めていた女性だと確信している。君にとっては残念だが、諦めて」

お尻にほくろがあったからという理由だけではない。

メリルのふとした仕草やはにかんだような笑顔。

エリアスを観察するように見つめてくる冷静な眼差しと、好奇心旺盛な目の奥に潜む恋情に似た熱。そのすべてがエリアスの心を掴んで離さない。

――まあ、メリルが夢の恋人じゃなかったとしても、僕にとってはどっちでもいい。そうであったらこれ以上幸福なことはないが、違ったとしてもメリルが運命の女性であることに変わりはない。

誰もエリアスの夢には入れないのだから、彼が抱く本能的な確信を他者が違うとは言い切れないのだ。エリアス自身も、夢の中の恋人探しはある種の未練を断ち切るための行為だとわかっていた。

国王に期限を突きつけられたことで、潮時だと思った。だが期限ギリギリまで可能性に縋りたかった。本当に彼女は見つからないのか、自分の運命の女性はこの世界に生きていないのか、と。

夢の中の時間が幸福であればあるほど、現実世界が虚しく感じられる。十年以上、月に数回の逢瀬を重ねて過ごしていれば、エリアスにとって夢も現実のひとつとして錯覚していてもおかしくはない。

「もしかしたら、僕の夢は君を見つけるためのきっかけに過ぎないのかもしれない」

そう、夢はきっかけのひとつだ。

そして身内以外にも判別できる女性がいるかもしれないという希望でもあった。

何故メリルの顔がはっきりわかるのかは説明できない。やはり運命の女性だからというのが一番しっくりくる。

誰しも一目惚れは強烈な現象だろう。その他の女性が霞んで見えてしまうほど、意中の相手しか眼中になくなるのだから。

――強引な方法で婚約したのに、僕のことを好きになる努力をしてくれるなんて。愛しすぎてたまらないな。

メリルは慈悲の女神なのではないだろうか。

エリアスに幸福感を与えるだけでなく、理不尽な境遇に陥っても怒りをぶつけてこない。

舞踏会の晩、本当に既成事実を作ってしまおうかと一瞬考えたが、さすがにエリアスもそこまでケダモノではなかった。

未婚の貴族令嬢が男と同じ寝台で一晩を明かしたという事実だけを作れれば、メリルはもう逃げられないとわかっていたから。それに彼女とのはじめては互いに想い合ってからがいい。

だが無理やりそんな状況をでっち上げたのだから、嫌われるのも覚悟の上だった。

もし自分以外の男がそのような卑劣な行為でメリルを手に入れようとしたら、二度と太陽の下を歩けないようにしていたことだろう。

お酒を飲んで寝入ったメリルを寝かせてから目覚めるまでの時間で、メリルについての情報収集に勤しんだ。ミルドレッド侯爵家の特殊な家柄も素早く把握する。

そしてメリルが目覚める前にサッと服を脱いで、あたかも濃密な夜を過ごしたように仕立て上げたのだ。

我ながら酷い男だと思いつつ、時間がなかったのだから仕方ないという言い訳を心の中で呟いて。

ほしいものはどんな手を使ってでも手に入れたい。だが巻き込まれた方はたまったものではないだろう。

――僕に見つかってかわいそうに。

エリアスはメリルの頭をゆっくり撫でる。

ミルドレッド侯爵とメリルには、グロースクロイツの王太子の子供を身籠っているかもしれないという強迫観念があったのは理解している。

だがエリアスは一言もメリルを抱いたとは言っていない。仄めかす発言はしたが。

メリルが窒息するほどの愛情をエリアスが与え続けていたら、少しは彼女の心が得られるだろうか。

エリアスが今求めているのは目の前のメリルだ。彼女の心がほしくてたまらない。

「うぅん……」

メリルが寝返りを打った。背中をエリアスに向ける。

彼女のネグリジェが太もものきわどいところまでめくれ上がり、柔らかく肉感的な脚を曝けだしていた。

まるでエリアスに食べてほしそうに、彼の劣情を煽ってくる。

「いけない子だな。飢えた獣の前にご馳走(ちそう)をちらつかせるなんて」

エリアスはめくれ上がったネグリジェを直すことなく、さらにぺろりとめくった。メリルの純白の下着を視界に捉える。

彼女が纏う絹の下着は飾り気がないが、履き心地はいいだろう。メリルの肌には負担がないものが好ましい。

「でも、少々味気ない。メリルの白いお尻を包み込むなら、繊細なレースをあしらった方が視覚的にも楽しい」

真面目な顔で二回頷くと、腰の位置で結ばれている紐をためらいなく解いた。

純白の下着からまろびでた双丘に熱い視線を注ぐ。

お尻の片側に正三角形をかたどる三つのほくろ。メリルが夢の中の女性じゃなくてもいいと思いつつも、やはり本人だとしか思えない証拠だった。

「ふ……ん……」

メリルがふたたび寝返りを打ち、うつ伏せになった。枕をギュッと抱きしめて寝入っている。

そんなに抱きしめたいなら、枕ではなく自分に抱き着いてくれたらいいのに……とうっすら枕に嫉妬を抱いたところで、エリアスはメリルの双丘に手を伸ばした。

「少し冷えてしまったようだ、温めてあげないと」

エリアスの両手がメリルの臀部を包み込む。反対側の下着の紐は結ばれたままだ。すべて解いてしまってもいいが、脱ぎ掛けというのがまた彼の劣情を煽っていた。

柔らかく弾力のある魅力的な桃尻に頬ずりがしたい。

――いっそ齧りたい。

魅惑的な果実を甘噛みするように、歯型をつけてしまおうか。彼女自身も簡単には見えない場所に自分の印をつけるのは、なんとも言えない心地になる。

本能的な欲望に抗えないまま、エリアスはそっと顔を寄せた。メリルの太ももから臀部を持ちあげて、ふっくらと膨らんだ頂に口づけを落とす。

この白い肌に所有の印を刻みたい。

甘噛みの代わりに、エリアスはメリルの肌に赤い鬱血痕を残す。

唾液で濡れた肌にそっと触れると、まっさらな彼女を穢しているような心地になった。欲望がとめどなく溢れて、いつか彼女を窒息させてしまいそう。

「溺れてしまうほど僕に愛されたら、君は僕だけを見つめてくれるかな」

腰の窪みに口づけを落とす。

メリルの腰がピクリと動いたが、彼女が起きる気配はない。

——君はどんな夢を見ているのだろう。夢の断片に僕が出ていたらいいのに。

現実も夢も、メリルの中に自分の存在を刻みつけたいと思うなんて、どうかしている。

エリアスがグロースクロイツに帰国したときからメリルがやってくるまでの一か月は、彼女とどう接したら飽きられないかを模索する期間だった。

博識で知られているミルドレッド家はリンデンバーグの王城の次に蔵書数が多いと言われている。現ミルドレッド侯爵は生字引とも呼ばれるほど知識が幅広いらしい。

そんな彼の血を色濃く受け継いだメリルは、幼少期から本に囲まれていたそうだ。あっという間に文字を覚え、五歳になった頃には本の虫になっていたとか。一度疑問に思ったことは彼女なりの答えを出さないと気が済まないほど、あらゆる書物を読み漁り知識欲が旺盛らしい。

一体どんな本で彼女の関心が引けるのか……エリアスは模索しながらも、グロースクロイ

ツに保管されている蔵書の中から面白いと思う本を読み漁り、それを手紙にしたためることでメリルに楽しみを授けた。

なにも持たず、身一つでやって来ても本があれば寂しくない。そう思う彼女がわくわくできるように、そしてあらゆる分野に関心が寄せられるようにと、工夫を凝らした手紙を送り続けた。

正直公務の事務仕事をするよりも神経を使ったが、達成感もひとしおだった。

メリルが気持ちよく読書をできるように、メリルの本棚の前にはふかふかなラグを敷き、クッションと椅子を用意し、居心地のいい空間を作り上げた。

彼女の喜びが自分のことのように嬉しいと感じた。それを愛と言わずになんと呼ぶのかわからない。

——愛ではなかったら、ただの執着になってしまう。行き過ぎた愛情が愛執に変わったら、メリルは逃げてしまうだろうか。

逃げ出そうとする姿を想像しただけで、エリアスの顔から笑みが消える。心の中に闇が広がりそうだ。

だが、大丈夫。メリルはエリアスの顔を好いている。

——この顔に生んでくれた母上には感謝しないと。

彼女がエリアスに見惚れている姿を確認すると、エリアスの心は歓喜に包まれるのだ。この顔でメリルに甘く愛を囁き、笑顔を向け続けていたら、きっと彼女は逃げ出さない。

「君が僕を愛する努力をするように、僕も君に嫌われない努力をしないと。嫌がられたらきっと生きていけなくなる」

メリルに刻まれた鬱血痕を指先でなぞりながら、エリアスはぽつりと呟いた。

「……あれ？」

起床時間と共に目が覚めた。

いつもの寝台で眠っていたはずだが、何故かエリアスが使っている王太子夫妻の寝台に寝かされていた。

「……えっと……、昨日の晩はなにが……」

記憶を遡るが、エリアスとハーブティーを飲んでなにかを話していたあたりで途切れている。

寝台にはメリルひとりだ。昨夜はこの広い寝台を独り占めしていたのだろうか。

——寝ぼけてこっちの部屋に来てしまった……なんてことはないわよね。まさかエリアス様が連れてきた？

だが彼の姿はないため、一緒に寝ていたという確証もない。

スッと自身の寝間着を確認するが、特に乱されていることもなさそうだ。

――自意識過剰かもしれない……。

そしてエリアスが隣にいなくてよかった。寝起きと共にあの美貌を眺めれば一瞬で目が覚めるが、少々心臓に悪い。

――昨夜なにか大事な約束をしたような……。いえ、無理やり思い出すのはやめましょう。いつもの部屋に戻った方がいいわ。

侍女がやってくる前に王太子妃の部屋に戻った方がいい。

メリルはそっと自室に入り、身支度を済ませた。


記憶というのは唐突に思い出すものである。

メリルは婚姻衣装のドレスの採寸をされている最中、思わず「あ」と声を上げた。

「なにかございましたか?」

王家お抱えのお針子が採寸の手を止めた。

メリルは思わずかろうじて動かせる首を左右に振った。

「……いいえ、なんでもないわ」

「さようですか」

てきぱきと採寸を続けられながら、メリルは昨晩の会話をはっきりと思い出していた。

──まさか身体の採寸が記憶を蘇らすなんて……エリアス様が変なことを言うから……。

ひとつ蘇ると、次から次へ芋づる式に脳内で再現される。

エリアスの台詞だけに留まらず、息遣いや体温まで思い出せてしまった。はじめてキスをしたことまで鮮明に。

できればもう少し時と場所を考えてほしいと思いながら、メリルは必死に平常心を保とうとする。

──私、はじめてのキスだったのに舌まで……！　いえ、それよりも、なんていう約束をしてしまったのかしら……。エリアス様を好きになる努力をするですって？　私が？　どうやって……！

エリアスは最大限努力してメリルを落とすつもりでいる。考えるだけで恐ろしい。思い込んだら一直線に運命の女性を見極めて既成事実を作り上げてしまった男だ。油断ならないのは彼の美貌だけでいいというのに、天は二物も三物も与えすぎである。

──多分狡猾(こうかつ)で、用意周到……というのを忘れてはいけないわ……。

そして恐ろしく行動が早い。わずかな隙を与えたら、ふたたびぺろりと食べられてしまう。

のんびり策を練るなんてことはしないだろう。

元々メリルに行動力はあまりない。できるだけ体力を温存しておきたいし、動く前に頭の中で考えてから行動に移したい。プリシラのように連日夜会に行くなど、考えるだけで疲れそうだ。活動的に動ける体力も乏しい。

ぼんやりと構えている間に、エリアスに骨抜きにされてしまうかもしれない。

――もしかしなくても、今朝私が二人の寝台に寝ていたのはエリアス様が運んだから？　なにもされなかっただろうか。身体に異変はなかったと思うが、二度も記憶がないうちにあれやこれやを済ませるのはいかがなものか。

――気を引き締めないと……！　うっかり身籠ってしまったら大変だもの！

恋がなんなのかもわからないまま、流されて彼を好きだと思うのは違う気がする。

メリル自身もエリアスときちんと向き合うべきだ。

彼が言う運命の女性というのが自分だとは信じられないし、いつか違ったと言われるかもしれなくても。すべて自分自身が納得のいく形で今後のことを決めたい。

エリアスと会うときはこれまで以上に気を引き締めて気を付けよう。

――でもあの顔で見つめられたら、多分無条件で頷くかもしれないわ……。

まずはエリアスの容姿に耐性をつけるところからかもしれない。気づくと見惚れていることがあるのは自覚している。

――エリアス殿下に見惚れない女性なんていない気がするわ……。いいえ、女性だけとは限らないけれど。

侍女やギュンター曰く、エリアスは身内の前以外では滅多に笑わないらしい。そのため冷たい美貌の印象が強くなるのだとか。

メリルに見せる蕩けるような微笑は、今までのエリアスからは考えられないと聞くと、なんとも反応に困る。特別感に戸惑うような、今まで感じたことのない感情が湧き上がるのだ。

——よく考えてみたら、誰かの特別になれたことなんて今まで一度もなかったわ。

学者気質の父はあまり家庭を顧みない。継母は異母妹のプリシラだけを可愛がり、友達母娘のような関係だ。メリルには最低限しか接してこない。

前妻似のメリルを疎ましく思っていたのだろうが、かといって継母から嫌がらせを受けたことはなかった。

——でも、私から甘えた記憶もないから、子供らしからぬ子供で扱いづらかったのでしょうね……。

物心がついた頃から、メリルの世界には本があった。

知らない世界や知識をひとつでも多く取り込みたくて、貪欲に文字ばかりを追いかけていた。その様子は外で遊びたい盛りの子供と比べると、随分異質に見えただろう。大人びた言動をする子供など、大人が扱いづらいと思っても仕方ない。

エリアスの心が真っすぐ自分に向けられているのは疑いようもない。彼からの発言にもあった通り、嘘偽りのない言葉でエリアスはメリルを想っている。彼が探し求めていた夢の中の恋人ではないと伝えても、変わらずメリルがほしいのだと。

その気持ちを拒絶したいとは思っていない。求められれば素直に嬉しい。

しかし、これからどう応えていけばいいのか。

内心悶々と考えている間にドレスの採寸が終わっていた。

侍女がお茶の準備をし、メリルを長椅子に着席させる。

すると扉が数回ノックされた。誰かが訪ねてきたらしい。

「こんにちは」

「ジョエル殿下」

第二王子のジョエルだ。従者を一名つけてメリルの元にやって来た。

珍しい来客に、メリルは立ち上がって出迎える。ちゃんと会うのは二回目だが、ジョエルはエリアスとよく似ていた。エリアスも十年前はきっと今のジョエルのような顔立ちをしていたに違いない。

「急にお邪魔してごめんなさい。そろそろ休憩時間かなと思って尋ねてきちゃった」

「歓迎しますわ。尋ねてきてくださって嬉しいです。今からお茶の時間なので、よろしかったらご一緒にいかがですか？」

「ありがとう、嬉しいよ。僕もいくつか贈り物を持ってきたんだ」

ジョエルの従者がメリルの前に荷物を置いた。

「ルシェール地方の葡萄酒と、王都で人気の菓子店のギモーヴ。あとメリル嬢が悩んでいる頃かと思って、参考までのロマンス小説。侍女たちに大人気の流行りのものだよ」

予想外の贈り物だ。メリルは戸惑いつつもすべて受け取る。

「こんなにたくさん、ありがとうございます。あと私のことはどうぞメリルとお呼びください」

「呼び捨てにして大丈夫？　怒られないかな」

「どなたにですか？」

「兄上に」

「……」

メリルの名前を呼ぶだけで嫉妬するような男だと思われているのだろうか。

「……エリアス様は心が広い方ですから、怒ることはないですよ。それに私がジョエル殿下に名前で呼んでほしいのですわ」

「じゃあ、メリルも僕のことはジョエルって呼んでくれる？」

「……では、ジョエル様とお呼びさせていただきます」

ジョエルが「まあ、いっか」と納得した。とてもではないが、第二王子を呼び捨てになどできない。

二人分のお茶の準備が整った。

香り豊かなお茶を堪能しながら、ジョエルからの贈り物について尋ねる。

「この葡萄酒はエリアス様と一緒にいただきますね」

「うん、兄上の好物だから喜ぶよ。あとそっちのお菓子は、最近王都で流行っているんだって。多分兄上もまだ食べたことないと思うよ」

「ありがとうございます。ギモーヴ、でしたか。本の中では読んだことがありますが、実物を拝見するのははじめてです。確か果物の果汁を煮詰めた砂糖菓子ですね。とても色鮮やかなのですね」

「え、メリルってお菓子の材料まで把握してるの？　知識の幅が広すぎじゃない？」

「いえ、把握しているほどではないですよ。たまたまミルドレッドの書庫に外国の伝統菓子の本があったので、目を通していただけです。きっとどなたからかのお土産の本だったと思うのですが」

知識として知っていても実物を見るのははじめてだ。そして食べることで、メリルの中に取り込まれて記憶できる。知識を実感できるのは嬉しい瞬間だ。

勧められるまま食べてみると、あまりの柔らかさに驚愕した。口内に果汁の甘さがじゅわりと広がり、口の中でしゅわしゅわと溶けていく。

「味わったことのない食感です。すごくおいしいですわ」

「気に入ってもらえてよかった。ぜひ兄上と食べさせあいっこでもしてね」

「……食べさせあう……？」

「その感触って唇の柔らかさに似ていると思わない？」

ジョエルが天使の笑顔を見せた。

若干十二歳の子供とは思えない発想だ。メリルの思考が思わず停止する。連鎖的にエリアスの唇の柔らかさを思い出しそうになった。

「僕はさ、兄上の長年の恋煩いを知っているから、つい応援したくなるんだけど。メリルのことも気になっているんだよ。傍から見たら、手段を選ばず強引に婚約者にされて囲われている状況だもんね。もしメリルが兄上の元から逃げたいほど今の状況が嫌なら、僕が味方になろうかと思っていたけど……周囲の話を聞いていたら必要ないかなって思ったんだ」

「え？」

「だってメリルもまんざらではなさそうなんでしょ？」

どうやらエリアスの顔に見惚れていることが周囲にバレているらしい。

彼に恋する努力をすると告げてから、まだ一日も経っていない。それより前からエリアスとの仲は時間の問題だろうと思われていたということか。

――心の中を覗かれているようで恥ずかしい……。

メリルの顔がじわじわと赤くなっていく。

「毎日泣き暮らしているようだったら、僕と母上でなんとかしようと思っていたけど。そうじゃないなら協力した方がいいかなって。兄上は少し夢見がちなところを除けば、誰もが認める優秀な王太子だし、頭も切れるから僕なんかじゃ出し抜けないからね」

利発なジョエルが出し抜けないと断言するということは、書庫に引きこもりがちで腰が重いメリルには到底敵わない気がしてきた。エリアスの行動力を見ていても、とてもではないが真似できない。

「メリルももう兄上の事情をギュンターから聞いたと思うけど、まあ夢のことはさておき。大事なのは現実を生きる二人の方じゃないかな。メリルがどう感じてどうしたいか、それが大事だと思うんだ」

「お心遣いありがとうございます。いろいろとご心配をおかけしていたのですね」

「……うん、まあ……不安にはなるよね。あの兄上だし」

ジョエルの視線が遠くなった。一体エリアスはなにをしでかしていたのだろう。

「それで、このロマンス小説というのは……私の情緒を養うための教本でしょうか」

「そんな大したものじゃないけど、そういうことかな。少しでも役立てばと思って、僭越ながら僕がいくつか見繕ってきたよ。もちろん、それは単なる物語だから、あくまでも参考程度のものだけど。二人の愛情は二人が育むものだしね」

とても十二歳の配慮とは思えない。メリルは思わず感心した。

礼を言いながら一冊を手に取る。最初から最後までパラパラと頁をめくった。

「……なるほど、参考になりました」

「え、まさか今のでもう読んだの？　めくっただけだよね？」

「はい、速読が特技ですので」

「いやいや、こういう恋愛ものは、感情移入しながら読むのがだいご味だと思うよ？　速読じゃ感情が追い付かないんじゃ」

――なるほど、一理あるかもしれない。

内容は理解したが、楽しむという意味では不十分と言える。

メリルはもう一度じっくり読み返すと告げた。

「恋愛感情というものがどういったものなのか、まだ完全に理解はできていませんが。これから徐々に、他人事ではなく自分事として捉えていくように精進します」

「そんなにガチガチになる必要はないと思うけど。メリルは真面目なんだね」

「いいえ、ただの本の虫ですよ」

代り映えのしない日常がずっと続くと思っていた。だけど本の中なら世界はどこまでも広いと感じられた。物語以外の書物でも、それを書いた誰かがいる。その人の思考や実績など、文章から読み取れるものを想像しつつ読み解くことも興味深かった。

「私は初恋というものもしたことがないので、恋愛感情がどういったものなのか参考にさせていただきますね」

「兄上と結ばれたら初恋同士の夫婦になるのか……うん、ロマンティックだと思うよ」

「……ありがとうございます」

——年下の王子様に励まされてしまった。

大人びた少年の気遣いに感謝しながら、メリルは今夜のエリアスとの対面をどうするか考えていた。

就寝前の時間。メリルは安眠効果の高いハーブティーの準備をしながら、ジョエルからいただいたギモーヴを用意した。

——葡萄酒はまた明日でいいかしら。夕食時にエリアス様はお酒も召し上がっていたし。

メリルは飲んでいないが、エリアスは夕食と共に飲酒をしていた。新たに葡萄酒を一本開けるのは飲みすぎかもしれない。

「メリル、どうした？」

「エリアス様。今日ジョエル様から贈り物をいただきまして、エリアス様と一緒に召し上がってと。よろしかったらいかがですか？」

「へえ、それは砂糖菓子か？　寝る前に食べるお菓子というのは、いけないことをしている感じでいいな」

　エリアスがクスクス笑う。

　メリルも思わず頷いた。

「子供の頃は叱られますものね。虫歯になってしまうと言われて」

　ギモーヴをいくつか皿にのせて、熱々のハーブティーと共に味わう。

　エリアスが一個ギモーヴを摑むと、しげしげと眺めて呟いた。

「唇みたいな柔らかさだな。君の唇もこの菓子のように弾力があっておいしかった」

「……っ」

「僕の唇はいつでも味わわせてあげるぞ」

　エリアスがからかいの混じった微笑を浮かべた。

「お、お気持ちだけで……」

　メリルからキスがしたいなどと言うことはできない。

「まあ、今は我慢しよう。これは僕が食べさせてあげようか。さあ、口を開けて？」

　――まさかジョエル様から直接話を聞いていたんじゃ……？

　いや、それならそう言っているはずだ。どんな会話をしていたか知らないはずなのに、エリアスはジョエルの意図通りにメリルを翻弄する。

　メリルは大人しく口を開くと、むにゅりとした感触が口の中に広がっていく。

柔らかくてずっと触れていたい感触だ。口の中にフランボワーズの果汁が溶けだし、メリルの表情が崩れた。

「おいしいです……」

「おいしく味わうメリルごと食べたくなった」

「私は食べ物ではないので、味わうならこちらを」

檸檬（れもん）色のギモーヴを手に取り、エリアスの唇に押し付けた。

自分の指が彼の唇に触れているわけではないのに、なんだか自分からキスをしているようだ。エリアスの視線に甘さが混じったからだろうか。

唇の隙間に入ったのを確認し、指を離そうとする。が、エリアスが何故かメリルの手首を摑み、そのままメリルの指ごとぺろりと舐めた。

「ひゃ……っ」

粉砂糖がついた指も丹念に舐められる。ざらりとした舌の感触が生々しくて、メリルの顔に熱が集まった。

「甘い。メリルに食べさせてもらったからもっと甘く感じられたようだ」

「そんなことは……」

至近距離で目を覗きこまれる。

エリアスのアメジストの瞳に吸い込まれそうだ。

「ねえ、メリル。君の唇も食べたいんだが」

直球で尋ねられた。

メリルの心臓が途端に騒がしくなる。

――手が離れない……。

繋がれた手をそのままにして、メリルは視線を彷徨(さまよ)わせた。エリアスとキスをすることを想像すると、胸の鼓動がさらに落ち着かなくなる。

「二回目のキスをさせてくれないか」

指先にキスを落とされた。少し湿った感触が肌を粟立たせる。

――ギモーヴよりしっとりしている……。

触れられている箇所に神経が集中してしまいそうだ。

「嫌じゃなかったら頷いてほしい。ダメだったら首を横に振って」

「……っ」

本音を言うと、少しだけ期待していたかもしれない。エリアスのキスは甘くて胸がいっぱいになって、嫌いではなかったから。

もう一度確かめてもいいかもしれない。本当にエリアスとのキスが気持ちいいのか、二回目なら冷静に判断できるだろう。

そう思い、メリルは頷いていた。

エリアスは強引だが、こうして確認してくれるところが優しい。

「よかった。僕に触れられても気持ち悪いと思われなくて」

「そんなことは……」

エリアスの手がメリルの頰に添えられる。

そっと上を向かされたと同時に、エリアスの唇が落ちてきた。

――やっぱり柔らかい……。

先ほど食べたギモーヴの感触と比べてしまいそうだ。ふにっとした唇は少ししっとりしていて、かさついた感触が一切ない。

触れられただけで胸の鼓動が激しくなる。体温も上昇し、不整脈を起こしているのではないか。

「昨日言い忘れたけど、キスをするときは目を閉じるんだ」

エリアスがリップ音を奏でてから囁いた。

彼の吐息を直に感じ、メリルは咄嗟にギュッと目を瞑る。

「もう一回してもいい、いや、してほしいというおねだりかな」

「え」

メリルが目を開けようとするよりも早く、エリアスに唇を塞がれた。今度は触れ合うだけではなく、彼の舌先がメリルの下唇をそろりとなぞった。

「ん……っ！」

思いがけない感触がメリルの肌を粟立たせる。

驚きと共に口が半開きになった。

その隙に、エリアスの舌がメリルの口内に侵入する。

──……ッ！

エリアスの舌が粘膜を舐める。

逃げ場所もなく縮こまるメリルの舌をねっとりと絡ませられて、どちらのものともわからない唾液を飲み込んだ。

わずかに檸檬の味がする。先ほどエリアスが食べたギモーヴの味だろう。

──やっぱり息が、苦しい……。どうやって呼吸したら……。

つかの間呼吸の仕方を忘れているようだ。頭がクラクラする。

「メリル、鼻で息をして」

そう告げた後もエリアスはメリルを貪ることを止めない。

気づけば彼の膝の上に乗せられて、ギュッと抱きしめられながらキスをされていた。肩にかけていたショールも長椅子に落ちている。

不埒な手がメリルの太ももから腰をさすり、ぞわぞわした震えが止まらない。そのまま手がメリルの胸に触れた。

「……っ！」

丸いふくらみを確かめるように優しく触れられる。胸の頂を避けて乳房を撫でられた。そのもどかしい触れ方が逆にメリルの官能に火をつけたようだ。じくじくと胸の蕾が疼き始める。

――恥ずかしいのに、もどかしく思うなんて……。

身体がさらなる熱を期待しているようだ。胎内に熱が燻りだす。

メリルの神経はエリアスに支配されていた。彼と触れ合う場所が特別に熱く感じられてたまらない。

「……っ、エリ、アスさま……」

ようやく解放されたとき、メリルは涙目でエリアスを見上げていた。

酸素をうまく吸い込めていない気がする。呼吸は浅く、胸の鼓動も騒がしいままだ。何度も経験すれば慣れていくのだろうか。

「可愛いな。君の中に僕の体液が混じりあったのかと思うと興奮する」

「え……」

「もっとメリルを味わいたいが、さすがにこれ以上は嫌われたくないから自重しよう。どこも柔らかくて、理性が飛びそうになっていたが……メリルに触れているとどうしようもなく興奮してしまう」

メリルの耳にエリアスの熱がこもった吐息が吹きかけられた。

「ひゃあ……っ」

身体から力が抜けてしまう。

腰がビクンと跳ねて、ぞわぞわした震えが全身を駆け巡った。

「メリルは耳が弱いんだな」

チュッ、と耳にまでキスを落とされた。濡れた唇が生々しくて、お腹の奥が物欲しげにキュンと収縮する。

――こんな感覚知らない……。

身体の奥が熱い。自分の意思とは裏腹に官能を引きずり出されたかのよう。

だがこの甘やかな触れ合いは決して嫌ではなかった。恥ずかしさはあるが、エリアスから離れたいと思う気持ちも芽生えてこない。

もしかしたら自分は快楽に弱いのだろうか……。

そんなことを考えていたとき、エリアスがメリルの胸から手を離した。唾液で濡れたメリルの唇をそっと指でぬぐいとる。

「昨晩も思ったが、ようやく現実でもメリルとキスができたかと思うと、感動がひとしおだ。こうして体温を感じられるのも」

「……それは、夢では何度もキスをしていたということですか？」

「もちろん。子供の頃から数えきれないほど」

エリアスが嬉しそうに微笑んでいるだけなのに、彼の目の奥は怪しく煌めいている。情欲に濡れた瞳で見つめられると、恋愛初心者のメリルは微動だにできない。

「だが現実でキスをしたのは昨夜がはじめてだ」

「え、はじめて？」

「ああ、夢でも現実でもメリルとしかしたくない。僕は一途な男だからな」

——とてもはじめてとは思えない熟練さを感じましたが……。

舌をこすり合い絡め合うというのは、初心者がすぐに会得できるものなのだろうか。経験値がないため他者と比べることもできないが。

——もし私がエリアス様の夢の中の恋人だったら、何度もキスを経験しているということになるのよね。ただの夢ではなかったら、本当のお相手はエリアス様のキスを覚えているのかも……？

胸の愛撫(あいぶ)とキスの余韻で頭がぼうっとしているせいか、いつになく非現実的な思考に陥ってしまう。いくらでももしかしたら、という可能性を考えられるからだろうか。

「メリル？　すまない、疲れさせてしまったか。眠いなら僕が寝台まで運ぼう」

「……っ！」

ふわふわしていた思考がはっきり現実に引き戻された。

　エリアスの膝の上から機敏な動きで立ち上がり、ついでに落ちていたショールも肩に羽織る。

「いえ、ご心配なく。おやすみなさい、エリアス様」

　寝台まで運ばれてしまっては、今夜がなかなか終わらなくなりそうだ。それは困る。

──今夜はちゃんと自分の足で寝に行かないと。今朝は何故二人用の寝台に寝ていたのかはわからないけれど。

　あまり深く考えてはいけない。自分で寝ぼけて彼の寝台に潜り込んだ可能性も否定しきれないのだから。

　エリアスは名残惜しそうにメリルを見つめた。

「メリルの温もりが消えてしまったのがこんなに切ないとは。僕はいつでも君の体温を直に感じていたいのに」

「……お寒いのでしたら今度、エリアス様用にショールをお贈りいたしますわ」

　ふわふわでもこもこの太い糸で、簡単な編み物なら作れそうだ。去年の冬に編み物の教本を読んだことがある。実践はまだしていないが。

「君からの贈り物ならいつでも大歓迎だよ。一生大事にして保管するし宝物は誰にも見せない」

「……いえ、実用品はちゃんと使っていただきたいですが」

エリアスの性癖を少し垣間見た気分だ。

宝物は大事に保管して誰にも見せたくないらしい。想像すると少し怖い。

「メリルとの会話が楽しくて夜更かししてしまいそうだな。大事な睡眠時間を奪うつもりはない。おやすみ、メリル。夢の中でも君に出会えることを楽しみにしているよ」

「……出会えるといいですね」

うまい切り返しが思いつかず、不自然な間が開いてしまった。

――今も目の前で話しているのに、夢にまで私を見たいって……もう十分では？　私は夢の中にまでエリアス様が現れたら、心臓がずっと落ち着かなくなりそう。

睡眠中はきちんと休息してほしい。夢なのか現実なのかわからないような光景は、ただ精神を疲れさせるだけではないか。

「……ちなみにですが、私は毎晩エリアス様の夢に登場しているのでしょうか」

ふと気になったことを口にした。

そういえばちゃんと確認したことはなかった気がする。

エリアスは熱い視線をメリルに向けながら、残念そうに首を左右に振った。

「いや、これまでも毎晩メリルが夢に現れたことはない。前回君が現れたのはこの城にやってくる前日だった。きっと僕が早く会いたくて、夢にも現れてくれたんだろうが……さすがに夢を自由自在に操ることはできないな。そうできたらどれほどいいかと何度も考えたが、魔術師にでもならない限り無理だろう」

「おとぎ話の世界に入らないといけませんね」

この国には呪い師は存在しても魔術師はいない。非現実的な願望を実現するのは極めて不可能だ。

また、夢の分野は科学的に証明できないことが多い。

そうエリアスが嘆き、メリルも思わず同調する。

──確かに、人の脳がどのように夢を見ているのか、夢に関することはまだまだ謎だらけだわ。

未来を夢で視る予知夢や、過去を鮮明に夢で視る過去視についての文献には目を通したことがあったが、メリル自身夢をほとんど見ないためピンとこない。

──いつも起きるとぼんやりとしか思い出せないのよね……多分なにかしらは見ていると思うけど。

ふたたびエリアスに就寝の挨拶をし、メリルは自室の扉を開けた。そしてしっかりと施錠したことを確認する。

「……よし、鍵を閉めたわ」

これでうっかり寝ぼけても、自分からエリアスの寝室に行かないはずだし、万が一エリアスがメリルの寝室に夜這いをかけても防げるだろう。

――夜這い……。

メリルの頬がふたたび熱くなる。先ほどの愛撫とキスを思い出してしまった。

エリアスはメリルの意識があるときに無理やりなにかをしてきたことはない。キスをしたのだって合意を取ってからだ。

これまで紳士的と言えば紳士的だったが、エスコートをするのに過度な接触があったのも事実。エリアスに隙を見せれば頭から食べられてしまいそうになるのは、あながち間違っていないだろう。

「……これからどうなるのかしら……。私も歩み寄らないとって思っているけれど、具体的にはどうやって……？」

好きになる努力の方向性がわからない。

だが二回キスをして確認できた。エリアスに対して生理的な嫌悪感は湧いてこない。

胸に触れられたことも驚いたが、もっと触ってほしいとまで思っていた。身体は拒否反応を出していないらしい。

エリアスの顔をずっと眺めていられるだけで夢心地になるが、触れられるともっと身体の奥からなにかがあふれ出して蕩けるような感覚になった。

――はじめての経験だったわ……頭がふわふわして、身体も病気になったのかと不安になるくらいドキドキして、お腹の奥が熱くなって……。

思い出すだけで吐息が熱っぽくなる。

メリルが檸檬味を味わったように、エリアスもメリルの口内を甘いと感じただろうか。

「……っ！　寝よう」

今はいったん全部を忘れて寝てしまおう。思い出してしまったら一晩中興奮して寝付けなくなってしまう。

身体の奥から疼きのようなものを感じるが、メリルはすべてを無視することにした。

ジョエルからもらった残りの小説も明日読もう。なにか参考になるはずだ。

だが穏やかな夜に甘い胸の高鳴りが混ざり合い、なかなか寝付けそうにない。

いつもより少し遅い時間にようやく意識が深い眠りに落ちた。

◆
◆
◆

「……どうして」

メリルは独り言のような呟きを落とした。

——なんでまた、エリアス様の寝台に寝ているのかしら……。

扉はしっかり施錠したはずなのに、夢遊病者のようにエリアスの寝室に行ってしまったのだろうか。

彼が部屋の鍵を持っているとは考えにくい。内側からしか部屋は施錠できない造りになっているとの説明を受けていたのだから。

そっとシーツに触れるが、温もりは感じられない。エリアスはとっくに起きているらしい。

――そういえば最近は毎朝鍛錬をしているとか……。

恐らく騎士団の朝の鍛錬に交ざっているのだろう。

「でも、自室で寝ていたはずなのに、朝になると移動しているなんてどういうことなの……怪奇現象だわ」

エリアスが戻ってきたら確認しなくては。

まさかと思うが、メリルがエリアスに夜這いをかけたわけではあるまい。

「……自信がないわ」

彼の顔が好きすぎて、無意識に求めていたらどうしよう。考えるだけで恐ろしい。

メリルは逃げるように自室へ駆け込むと、しばらく頭を抱えたのだった。

第四章

朝の鍛錬から戻ってきたエリアスは、どことなくすっきりした顔をしていた。爽やかな微笑が朝から眩しい。

メリルは濃いめに淹れてもらった紅茶を飲んでから、完璧な所作で朝食を口にするエリアスに視線を向ける。

「エリアス様、お尋ねしたいことがございます」

「なんだろう、メリルから質問されるなんて珍しい。僕のことをたくさん知りたいという意思表示だな、嬉しいよ」

——うう……質問しにくい……。

あなたのことが知りたいという気持ちで問いかけるというよりは、ただの事実確認だ。十中八九メリルの質問内容をわかっているだろうに、エリアスは一筋縄ではいかないらしい。

メリルは彼の流れに乗せられないように気を付けながら、手に持っていたカップをソーサーに戻した。

「今朝目が覚めたら、何故かエリアス様の寝台に寝かせられていたのですが……一体どういうことかご存知ではありませんか？　私が寝ぼけて潜り込んでいたらとんでもないことだと思いまして」

「メリルが寝ぼけて？　それならいつでも大歓迎だが、寝たまま歩くのは危険だな」

ミルドレッドの屋敷では、今まで夢遊病のように寝ぼけて歩き回っていたという話は聞いたことがない。

ただ過度な気疲れが今までとは違った行動を起こしている可能性も考えられる。

「では無意識に私が鍵を開けてエリアス様の元へお邪魔していたのですね……なんて破廉恥なことを……」

彼は無事だっただろうか。寝ぼけたメリルに顔をペタペタ触れられるというような不快感を味わっていないといいのだが。

エリアスは無言でメリルを眺めていたが、やがて耐えきれないという表情で笑いだした。

「すまない、メリルはまったく悪くない。そんな風に落ち込む必要はないから安心してほしい」

「え？　ですが、私の部屋は内側からしか鍵をかけられない造りになっていますよ？　外からの侵入はできないかと」

「まあ、確かに、あの部屋は王太子妃の砦（とりで）のような部屋にはなっている。この王城で唯一他者の出入りを禁じることができる自由な空間と呼べるが、完全にそうなってしまっていてはいざというときに危険だな」

「いざというときですか……有事の際に助け出されないということになりかねませんね」

――つまり、逃げ道……隠し通路があると？

メリルの言いたいことが伝わったのだろう。エリアスがにこりと笑った。

「エリアス様……」

「君が言いたいことはわかっているが、僕からはなにも答えられない。一応この王城の機密情報だからね。だがそれを乱用し、君を連れ出しているというのは事実だ」

「……っ！　何故そんな回りくどいことを……」

「だってメリルは、僕と一緒に寝てほしいと言っても拒否するだろう？」

「そ……っ」

それは確実にするだろう。なにせ貞操の危機がかかっている。

――きちんとした初夜を迎えていないのに、婚約者の立場で同衾はいかがなものかと思うわ。

うっかり身籠ってしまったら笑い話にもならない。ようやくドレスの採寸が終わり、これから急いで婚姻用のドレスを仕立てられるところなのだから。

「けじめは大事ですよ」

「そう言うと思った」

「でしたら今夜からは……」

「それは約束できない」

きっぱり断られた。

エリアスはメリルが本気で嫌がることはしないが、だからといって譲ってばかりでもないらしい。

「メリルが諦めて、僕たちの寝台で寝たらいい。あの寝台は二人のものなのだから」

「そういうわけには……」

「君がひとりじゃないと寝られないという理由があるなら納得できるが、昨日も一昨日もぐっすり寝られただろう。あの寝台の寝心地は十分いいと思わないか」

「う……っ」

確かにメリルが使用している寝台より、エリアスが使用している寝台の方が身体に合っている。腰の負担もなく、寝返りも打ちやすい。

夜中に何度も目が覚めるということなくぐっすり寝られているが、その寝台でしか寝られないというわけでもない。

「これまでも十分上質な睡眠を味わえていますので、大丈夫ですわ」

「なるほど。でも僕はメリルと一緒に寝た方がよほど安眠できる」

「え……」

「今まではあまり熟睡できない体質だと思っていたが、メリルの存在を感じたまま眠るだけで短時間でもぐっすり寝られるらしい。君からなにか安眠効果の高い物質が出ているのかと考えたくなるほどに」

「……さすがにそんなものは出ていないかと……」

単純に温もりを感じられた方が、安心感があるというだけではないか。

――でも人の体温は寝ているときに下がると言われているから、暑いと寝苦しいのよね。安心感で寝られるものなのかしら……？

「一度手に入れた安眠をふたたび手放すのは惜しい。メリルが気にしているのが外聞だけであれば、気にする必要はない。僕は君からの許可が出るまでは、待てができると思っている」

「では、待てを行使するのでこの話はまた婚姻後に……」

「手を繋いで眠るくらいのご褒美はあってもいいんじゃないか？」

――待てを使うならご褒美も与えないといけないってこと？　それはもう犬では？

困った。エリアスはよほどメリルと共に寝たいらしい。

このままでは両者引かずに話が平行しそうだ。

メリルもあれこれ考えるが、これ以上興味津々に耳を傾けているギュンターやメリルの侍女たちの視線に晒されたくはない。

「……では、いくつかの決め事を検討いたします」

今できるのは答えを先延ばしにすることだけだ。

エリアスは不敵に微笑みながら「いいだろう」と答えた。

「また今夜話し合おう」

朝食を食べ終えた彼がメリルより一足早く退室するのを見送ると、細く長い息を吐いた。

――どうしよう、絶対緊張して安眠できなくなる……。

しかし寝ている間に勝手に移動させられていたとは思わなかった。

そこまでするのか。施錠しても無意味ではないかと詰りたい気持ちも多少ある。

その日一日中、王太子妃教育を受けている間も大好きな書庫にこもっている間も、メリルの緊張感はほぐれないままだった。

◆　◆　◆

「メリル様、こちらのガラスの容器でよろしいですか？」

「果物とハーブも用意いたしました」

「ありがとう、二人とも。おいしくできたら試飲してみる？」

「よろしいのですか？　嬉しいですわ」

　メリルはジョエルからもらった葡萄酒を、果物やハーブに漬けてアレンジすることにした。侍女のアリーシャとミラに用意してもらったガラスの容器と朝の果物のあまりを使用し、葡萄酒と共に漬けこむ。近隣国の伝統的な葡萄酒の飲み方を思い出したのだ。

「メリル様は本当に博識でいらっしゃいますね。葡萄酒はそのまま飲むしかないと思っていましたわ」

　ミラが興味深そうにメリルの手元を観察している。

　メリルは柑橘系の果汁をガラス瓶に絞り、その他の果物を簡単に切って皮ごと瓶に入れた。果物と相性のいいハーブも目分量で入れていく。

「数日経ってしまった葡萄酒をおいしく飲むためのものらしいけど、たまにはこういう飲み方も面白いかと思って。でも全部使用してしまったら、葡萄酒本来の味を楽しめないから少し残しておいた方がいいわね」

　葡萄酒のコルクを慎重に抜いてガラス瓶に注いだ。

　果物が入るだけで清涼感をたっぷり味わえそうだ。これなら葡萄酒の独特な渋みが苦手な女性にも飲みやすくなるだろう。

「使用する果物やハーブを変えて、自分好みの味を作れるのも楽しいわね。食べきれなかった果物も無駄にならなくて済むし」

メリルは自分で料理をしたことがないが、本から得た知識をこうして実践できるのは嬉しい。時折ミルドレッド家でも料理人に依頼して他国のおいしそうな食事を作ってもらったことがあった。

——エリアス様の口にも合うといいのだけど。

自分がおいしいと感じたものを一緒に共有できるのは純粋に楽しい。エリアスと食事を共にするようになってから、彼と食の好みが合うことを知った。

おいしい、楽しいを共有できる関係。あまり親しい友人を作ってこなかったメリルにとって、エリアスがはじめての相手と言える。

——プリシラは私とは食の好みが合わなかったわね。

プリシラの食の基準は太るかどうか、美容にいいかどうかだった。極端な偏食をしていたこともあり、食事を楽しんでいたようには思えなかった。

離れてみると客観的に物事を考えられるようになる。プリシラとはどこまでも価値観が違っていたらしい。

子供の頃は慕ってくれていたのだが、一体どこで嫌われるようになってしまったのだろう。メリルも無駄な争いを避けたくて、いつの間にか譲り癖が生まれてしまった。

——譲り癖……。もし自分こそがエリアス様の本当の運命の相手で、夢の恋人だと言う女性が現れたら、私は彼の隣を譲ってしまうのかしら。

考えただけで胸の奥がモヤッとする。

どうしてもエリアスがほしいと泣いて叫んで懇願されたら、自分は本物だと主張する誰かにこの場所を明け渡すのだろうか。

「メリル様？　いかがされましたか？」

「あ……いえ、ちょっと考え事をしていたみたい」

ワインと果物が入ったガラス瓶に蓋をしたまま固まっていたようだ。

アリーシャとミラは言いにくそうにメリルを気遣ってくる。

「殿下のことでなにかお悩みになっているのでしたら、僭越ながら私たちが相談相手になりますよ」

「ええ、そうですわメリル様。私たちでよろしければいつでもどうぞ」

「ありがとう、二人とも。心強いわ」

そんなにエリアスのことで悩んでいるように見えたのかと思ったが、朝食時の会話を聞いていたら心配になるのも仕方ない。

――でもエリアス様の夢の話は限られた人にしか明かしていないというし、女性の顔が判別できないことも公にはしていないのよね。

少々強引なところが困るし戸惑うことも多い。

だが嫌ではないのだから、メリルも自分自身がよく理解できていない。

「……その、こんなことを言うのはいかがなものかと思うのだけど……」

小声で話しだすと、アリーシャとミラも耳を傾けるようにメリルに一歩近づいた。

「エリアス様の容姿と声が美しすぎて、自分をしっかり持たないとなんでも頷きそうになってしまうと感じていて……流されないようにするのが精一杯なのに、流されてしまってもいいかと気が緩みそうになるのが情けないなと。あの方の前で平常心を保つのは難しいわね……」

アリーシャとミラが大きく頷いた。どうやら共感してくれたらしい。

「それは全員同じ気持ちで働いていると思いますよ。私たちも殿下から至近距離で見つめられたら仕事にならないと思いますし、もし笑いかけられたら失神する女性たちが多く出てしまいます」

「殿下が女性に一切笑顔を振りまかない方なので、私たちにとっては逆によかったと思っています。仕事に集中できますから」

「まったく笑わないの？」

「笑いません」

「微笑すら見たことがありません。メリル様がいらっしゃる前までは」

きっぱり断言された。

彼女たちからしてみれば、メリルは随分特別な存在に見えるだろう。

「殿下の声と顔に惑わされず、しっかりご自身の意見を述べることができるメリル様は素晴らしいと思います」

「そうですよ、私だったら無条件で頷いて流されていると思います。メリル様のお気持ちが一番大事だと思いますよ」

「ありがとう、二人とも。私だけじゃないって思えて元気が出たわ」

なにも解決はしていないが、慰めてもらえたおかげで気持ちが少し浮上した。

エリアスがメリルを特別扱いするのは唯一顔を判別できるからというのが大きいと思っていたが、男性相手にも笑顔を振りまかないのであれば彼の性格故だろう。

――私の気持ちが大事だと言ってくれるなんて、嬉しいわ。

気性が穏やかで優しい侍女が気遣ってくれることがありがたい。いきなり現れた婚約者を歓迎しない人もいるだろうに。

ふと、メリルは彼女たちのお仕着せに使われているリボンの色が異なっていることに気づいた。アリーシャは赤、ミラは黄色のリボンを使用している。

てっきりオシャレで色を変えているのかと思っていたが、別の意図もあるのかもしれない。

「今さらなんだけど、二人のお仕着せのリボンの色が異なっているのは、なにか理由があるのかしら」

「はい、メリル様付の侍女は、それぞれリボンの色を選ぶように言われたんです。あまり詳しい理由はわからないのですが」

「……そうなのね。オシャレで素敵だと思うわ」

「ありがとうございます。私たちも自分で選んだ色を纏えるので、特別な気持ちになりますわ」

――きっとエリアス様が把握しやすいように工夫されたのね……私のために。

メリルの侍女は赤と黄色のリボンをつけていると覚えていれば、他の侍女と区別ができる。それにギュンターあたりがリボンの色と名前をリスト化したものを入手していることだろう。エリアスがメリル付の侍女を把握しておきたいと思っているのはメリルのためだ。彼の優しさに触れて、心の奥がじんわり温かくなっていく。

――多分私が気づいていないだけで、エリアス様の優しさはいろんなところに溢れているんだと思うわ。

グロースクロイツに来るまで、メリルの世界はとても狭かった。

ミルドレッドの書庫と、本の世界がメリルのすべて。それで満足だし、自ら外に赴こうとも思わなかった。

自分の機嫌は自分で取り、落ち込んだときも悩んだときも誰にも相談せず、本の中から自分なりの答えを見つけるようにしていた。だが、こうして他者と意見を交換することで得られることも多いのだと、改めて実感させられた。

……。

──でも、相談できないことは、引き続き私自身が答えを見つけないといけないのよね

エリアスとの距離感や彼に対する気持ちはどうするべきか。

あの美貌に流されてしまうのは情けないことではない。むしろ大多数の女性は無条件で頷いてしまうのが普通だろうと言われると、不思議な肯定感が生まれてメリルを安心させた。

が、まだメリルを一歩前進させるには至っていない。

──このままエリアス様を好きになっても大丈夫かという不安が消えてくれないのよね……。どうしてなのかしら。

もしかしたら自分自身に自信がないからだろうか。

エリアスに好かれていても安心できないのは、彼が求めている相手が自分ではないと思うのと、彼の隣にいてもいいのかわからないという自信のなさだ。

自分よりも魅力的で可愛らしい令嬢はたくさんいる。決して自分に対して卑屈な気持ちがあるわけではないが、ただの本の虫で書庫に引きこもりがちの地味な侯爵令嬢が、美貌の王太子の婚約者だなんて、釣り合いが取れないのではないか。

──なるほど。私がもっと自己肯定力を上げて、自信をたっぷり身に着けられたらいいのかしら。エリアス様を好きになって振られたとしても、深手は負わないかもしれない。

エリアスから、やっぱりメリルは夢の中の恋人ではなかったと言われて婚約解消になって

も、メリルの自己肯定力が高ければ自分自身を責めないだろう。むしろ勝手すぎると怒りをぶつけられるくらい逞しくなっているかもしれない。

――よし、自己肯定力を上げる方法を考えよう。一番手っ取り早いのは、自分の容姿に自信をつけることかしら。

控えめな化粧と装飾しか身に着けていないが、もう少しアリーシャとミラが勧めるようなオシャレをしてもいいかもしれない。でないとエリアスの陰に隠れてメリルの存在が霞んでしまう。

霞んでしまっても構わないし目立ちたくはないのだが……。

――って、いけない。すぐ隠れたい願望が出てしまう。

自分の容姿に劣等感を抱いてはいないが、正直好きでもない。だが、誰かを好きになる前に自分自身を大事にして、愛することが大事だろう。

悲観的になったり感傷に浸る時間はもったいない。できる限りのことをしてから、胸の奥で育ってしまった恋心と向き合えばいい。

エリアスのことを一日中考えてしまうほど、彼の存在はメリルの中で大きく育っている。もし振られたとしても、そのときはそのときだ。

――よし、もう悩むのはやめましょう。たとえ振られても悔いが残らないように、できる限り多くの本を読破できたら、知識と思い出ができるわ。

「今日の午後の予定がもうなければ、読書をしていてもいいかしら」

「はい、もちろん大丈夫ですが……メリル様はお疲れではありませんか？　毎日数十冊も読まれているとか。課題として渡された本もすぐに読まれているようですが……」

「心配してくれてありがとう。文字に触れている方が落ち着くので大丈夫よ。それに速読をしているから、一冊を読むのにもあまり時間はかからないの」

他言語で書かれているものはじっくり読まないと理解できないが。

幸いリンデンバーグとグロースクロイツは大陸の共通言語を使用している。しかし少し離れた国では独自の言語が広まっており、グロースクロイツと友好国となると日常会話程度には習得する必要がある。

用事を終わらせてから、メリルは図書館へ向かった。エリアスから送られた最後の手紙に書かれていた感想文の本を探し出す。

エリアスが最後に読んだのは、グロースクロイツの有名な哲学者、ダドリー・ダカステスが書いた哲学書だった。

『人の気持ちは移ろい変わる。天気のごとく常に変化し、些細な出来事がときに嵐を呼び寄せる』

人間が抱く様々な感情をわかりやすく言語化し、時に愛について詩的に表現されていた。本の後半はダドリーが奥方に向けた愛情についての解説になっていたが、揺るぎない愛情というのは幻想に近いと辛辣に評している。

――たとえ激しく愛し合っていても、どちらかが愛情に驕りを持てばその愛は薄まっていくものである。また足並みの揃わない愛はやがて遠ざかっていく……。つまり、人の情とは一か所に留めておくことはできないから、どうやって同じ速度で時を重ねて情を育むことができるかが長続きのコツってことよね。難しいわ……。

やがてダドリーは一度どん底まで愛を失い、深い悲しみに暮れた。だがそこから救い上げたのは、夫を捨てたはずの妻だった。

愛情とはきっかけさえあれば復活するものでもあるらしいが、これぱかりは人によるだろう。

メリルはエリアスが書いた感想にふたたび目を通した。

エリアスが思う愛とは、一方的に押し付けるものではなく互いを尊重し慈しみ、生まれた愛を温かく育むことであるらしい。

『僕は今まで人を深く愛した経験がないから、まだ理想論でしか語れない。だがこの本を読んで、移ろいゆく空のように、いろんな表情を見せる愛というものを慈しみながら育みたい。メリルとの絆がいつか君を包み込めるくらい大きな愛として成長し、君の心を満たすことができたら嬉しい』

少し癖のある丁寧な文字をそっと指でなぞる。

手紙を数回受け取ったときには、すでにエリアスに対する好感度は上がっていた。彼の文字から大体の性格を読み取ることができたから。

——すべての本を読み終えたら、エリアス様に感想を渡そうと思って書き溜めていたけれど、これが最後の本なのね……。

愛についてメリルなりの答えを見つけるにはもう少し時間がかかる。

ダドリーの哲学書は本棚に戻すことなく、メリルは司書に依頼して数日借りることにした。

◆
◆
◆

湯浴みを終えると、ようやく二人きりの時間がやってくる。

エリアスは今夜もメリルと甘いひと時を味わえるのを楽しみにしていた。愛しい婚約者を可愛がれるのが一番の疲労回復になる。

肩にショールをかけて、まだ少ししっとり濡れた黒髪を緩くまとめているのが可愛らしい。

メリルが俯き加減になると、彼女の長く濃い睫毛が影を落とすところも色っぽく見える。

彼女はそんな情欲を向けられているとは、みじんも思っていないだろうが。

「ジョエル様にいただいた葡萄酒を使って、ハーブと果物漬けにしてみました。たまには面白いかと思いまして。こちらが本来の葡萄酒ですわ」

エリアスはメリルからグラスを二杯渡された。

普通の葡萄酒と、果汁が混ざった葡萄酒だ。

——ジョエルがメリルに葡萄酒を贈っていたなんて聞いていないが、気が利くな。さすが僕の弟だ。

まだ十二歳の弟王子は細やかな心配りができて、同年代の令嬢によくモテる。エリアスと顔の造形は似ているが、人懐っこく愛嬌がある分、エリアスのような神々しい美貌はあまり感じられない。

彼は昔からエリアスの夢見がちな話を聞いていたため、現実主義者に育ったらしい。本人はあっさり婚約者を決めて、仲睦(なかむつ)まじく良好な関係を築いている。

「アリーシャとミラにも試飲をお願いしたところ、高評価をもらえたのですがいかがでしょうか。エリアス様の口にも合うといいのですが」

「うん、柑橘系の香りと果汁も混ざってとても飲みやすくなっている。甘すぎないところもいいな。ハーブの清涼感も絶妙だ。元の葡萄酒もいいものだが、メリルが手を加えてくれた方がうまい」

「あ、ありがとうございます……お褒めいただいて光栄です」

メリルが恥ずかしそうに頬を赤くした。

あまりわかりやすく表情を変えない彼女にしては、やけに素直な反応だ。今すぐ襲いたくなってしまう。

——もしかして、事前に試飲をしていたのか？

それなら納得だ。

メリルは自覚がないだろうが、飲酒すると随分反応が柔らかくなり、表情が表に出やすくなる。

「メリルも飲んでみたか？　僕ばかりが飲んでいてもつまらないぞ」

「はい、少し味見を。では私もいただきますね」

エリアスはメリル用のグラスを用意し、彼女に手渡した。

ちびちびと飲んでいる姿が小動物のように見えて愛らしい。頬が薄紅色に染まっていて、つい触れたくなる。

「普通の葡萄酒より、果物の果汁が入った方が女性には飲みやすいんじゃないか？」

「はい、渋みが軽減されていて、でも味も風味も損なっていなくて……とてもおいしくできました」

「……っ」

メリルがふわりとエリアスに笑いかけた。

その笑みが、無邪気に笑っていた夢の中の少女と一致して見えた。

——ああ、やはりメリルがずっと探し求めていた彼女だ。

メリルを知るたびに、エリアスの確信が上書きされていく。

夢が現実になるなど奇跡としか言いようがない。その奇跡をこうして実感できるなんて、これほどの喜びがあるだろうか。

「うん、おいしい」と呟きながらグラスを持つメリルが愛おしくて仕方ない。今すぐそのグラスを手から取り、彼女の手をエリアスの首に回してしまいたい。

膝に乗せてギュッと抱き着かせて、両脚を大きく開かせては薄布に阻まれた花芽を小刻みに刺激して……。

「おいしそうだな」

「はい？　もっと飲みますか？」

メリルを食らいたいと思いながら独り言を落としてしまったが、メリルは自分のことだとは思っていない。

エリアスは彼女が好きな微笑を見せながら、葡萄酒のおかわりをもらった。甘くて柑橘類の酸味の利いた葡萄酒を飲みながら、自分の中の欲望が増幅していくのを実感する。

――僕はとんだケダモノだな。

自分の中に潜む獰猛(どうもう)な獣が、早くメリルを食らいたいと涎(よだれ)を垂らして待っているようだ。

笑顔が可愛らしくてたまらない。天真爛漫(てんしんらんまん)な表情を向けられたら、彼女に一日で恋する男が増えてしまいそうだ。

――メリルの愛らしさは僕だけが知っていればいい。

他の男に譲るつもりもなければ、必要以上に彼女に近づく男を排除しないといけない。

エリアスはメリルに十分異性として意識されていることを知っている。この顔が彼女の好みであり、時折彼女が見惚れていることも理解していた。

すでに遠慮はしないと宣言しているのだから、もう一歩……いや、三歩ほど二人の距離を縮めてもいい頃合いだろう。エリアスの両親が無理やりメリルを別の部屋に移動させないのは、エリアスへの信頼と彼女の意に反することはしないと約束しているから。

要はメリルの合意が取れればいい。

先に子供ができてしまっても文句は言われないだろうが、メリルの婚姻式の晴れ姿はきちんと見たい。万全な体調のまま迎えたいので、最後までするつもりはない。

「メリル、おいで」

エリアスはメリルの手から飲み終えたグラスを抜いて、彼女を手招いた。

メリルは長椅子の隣に座っているが、おいでと言われて理解したのだろう。エリアスとの距離を自ら縮めてくれた。

彼女から近づいてきてくれただけで満足感が広がる。もし拒絶されたら強引に抱き寄せていたところだ。

メリルが上目遣いでエリアスに微笑みかけた。いつもは気恥ずかしそうに視線をずらすのに、今はキラキラした眼差しでじっとエリアスを見つめてくる。

その目の奥にはどことなく甘さに似た情が見え隠れしている。恋情だったらいいと思うのは望みすぎか。

「メリルから僕の膝に乗って」

「……こう、ですか？」

「……うん、いい子だ」

メリルがネグリジェの裾を持ちあげた。白く肉感的な太ももが露わになり、思わずその光景を凝視する。

自分の膝に跨(また)がって座るなんて、素の彼女なら考えられない行動だ。飲酒をしたらこれほど大胆に変わるのか……。

リンデンバーグの舞踏会の夜もメリルは酔っぱらっていた。感情が豊かだったのも理知的な彼女とは違う行動も、飲酒が原因だったようだ。窓に挟まるような真似は普段の彼女からは考えられない。

——よし、また飲ませよう。

メリルの隠された願望を表に引き上げて、理性を薄れさせたらいい。気持ちいいことは罪ではないのだと、じっくり彼女に教え込みたい。

綺麗な笑顔で下心を隠し、メリルの身体が倒れないように腕で支える。ショールがずれてネグリジェの襟から丸いふくらみが覗き見えた。

無防備すぎてたまらない。きっと今のメリルはそのような姿になっていることに意識が向いていないだろうが。

――明日になればメリルは今夜の会話を覚えていないかもしれない。でも潜在的には残るはず。

今のうちに口説いて口説いて口説きまくろう。

朧気な記憶だけでも残っていたらいい。

エリアスが不穏な想像をしていると、メリルが彼の頬に触れてきた。いつになく積極的にペタペタと触ってくる。

「メリル？　そんなに僕に触れたかったのか」

クスリと笑いながら彼女の手を取り、自分の頬に密着させた。

メリルはふわりと微笑んで頷く。

「エリアス様が本当に実在するのか確かめたくて……いつ見てもエリアス様はすごく美しいですね……きっと神様が気合いを込めて作り上げられたんでしょうね……ずっと見つめていたいです」

「メリルが気に入ってくれただけで嬉しいよ。この顔に生んでくれた両親に感謝しなくては。見つめるだけじゃなくて、どうぞ実物に思う存分触れてほしい」

自分の容姿が人目を惹くことを知ってはいるが、利点だと思ったことはない。だがメリルがこれほど褒めてくれるのなら、この顔に生まれてよかったと心から思える。

「ねえ、メリル。僕に触れられるのは嫌？」

「嫌じゃないですよ。むしろもっと……」

「もっと触れてほしい？」

メリルの顔が淡い薄紅色に染まった。恥じらいつつも、欲望を隠しきれていない表情だ。

「僕にたくさん触れられて、たっぷり気持ちいいことに慣れてほしい。君との距離を縮めたい。嫌なことも怖いこともしない、ただ気持ちよくさせてあげたい」

「気持ちよく……？」

エリアスがメリルの頰に触れるだけのキスをした。

すぐにメリルの瞼がとろりと落ちる。

「嫌だと思ったら、僕を殴ってでも止めるんだ」

そう告げながらエリアスはメリルの丸い臀部に手を這わせた。ネグリジェの上から彼女の柔らかな肉を堪能する。

「あ……っ、んぅ……」

「メリルは抱きしめ心地がいいな。まだ暴いていない秘められた場所もきっと芳しく僕を誘惑するんだろう」

彼女の首筋に唇を寄せる。まるで美しい花に引き寄せられる虫のようだと自嘲気味に笑いながら、首筋に痕がつかない程度にキスを落とす。

メリルの甘い蜜がほしくてたまらない。腕の中でフルフルと震える姿にすら愛しくてたまらなくなる。

「ンン……ッ」

「メリル、裾を持ちあげて」

ネグリジェの裾を自分から持ちあげるように指示を出すと、メリルは素直に従った。熱を帯びた目は潤んでいる。

恥じらいを残したままおずおずと裾を持ちあげて、秘められた場所を晒す姿がエリアスの劣情を刺激した。

このまま押し倒して邪魔な布を取り払い、メリルがむせび泣くまでぐちゃぐちゃに気持ちよくさせたい。

「いい子だ」

するりと肩を撫でながら、ネグリジェの襟ぐりを広げていく。まろび出たふくらみを優しく刺激しながら、反対の手でメリルの下着に指を這わせる。

くちゅり、と控えめな水音が響いた。下着もしっとりと湿っている。

「素直な身体だな、とても愛らしい」

指先を泥濘に沈めたい。だがメリルの腰が揺れるくらい少し焦らしてからの方がいいだろう。

ぐちぐちと薄い布地の上から刺激を与えながら、胸の尖りに舌を這わせる。メリルが絶え間なく甘い吐息をこぼしていた。

「あぁ……、んぅ……ッ」

きちんと気持ちいいと感じているようだ。もっと快楽を拾い上げてくれたらいい。

エリアスは無意識に腰を揺らし始めたメリルを見て、愉悦が滲んだ笑みを浮かべた。

「メリル」

「ひゃあ……ッ」

耳元で囁くと、メリルは耐えきれない様子でエリアスの首に両腕を回した。

彼女からギュッと抱き着かれるのは気分がいい。もっと求めてほしいという願望が際限なく湧き上がりそうだ。

片手で艶やかな黒髪を撫でてから、その手を腰、そしてふっくらした双丘へ滑らしていく。

湿り気を帯びた下着の腰紐をほどくと、そのまま指先を秘所へ這わせた。

「ンァ……ッ」

ちゅぷん、と指が泥濘に入っていく。

誰にも侵入を許していない乙女の花園はまだ生硬くて、エリアスの指を一本咥えるだけで精一杯のようだ。

「きゅうきゅうと吸い付いてきて可愛いな。メリルとのはじめては、とびきり特別で素敵な夜になるよう準備を進めておこう。だから僕を受け入れられるように、少しずつ中をほぐしていくから……痛みも感じないように。僕だけに集中して」

できれば今すぐ繋がりたい。だがメリルに無理をさせたくはない。

彼女には痛みも恐怖もなく、愛されることへの喜びだけを感じてほしい。

こんなにも熱のこもった目で見つめてくれるメリルを前にして手を出さないほど、エリアスは聖人君子ではないのだ。

「どんどん蜜が溢れてくるな……メリルの匂いが濃くなった」

「やぁ……はずかし……い」

荒い呼吸を落ち着かせようとする姿にすら欲情する。頬は上気し、目尻から涙がぽろりと落ちた。

エリアスの胸に縋りつくしかできない、熱の逃がし方もわからないメリルを見ていると、腹の底から獰猛な獣が唸りをあげそうになる。

「はぁ、たまらない……」

少し柔らかくなった泥濘にもう一本指を差し込んだ。

異物を排除しようとしているのか、それとも奥へ招き入れようとしているのか。メリルの中はぎちぎちとエリアスの指に食らいついてくる。

この中に自身の雄を挿入できたらどんなに……。

——我慢の限界なんてとっくに超えている。やせ我慢なんてらしくないな……。

熱っぽい息を吐いて、エリアスは窮屈な下穿きをくつろげた。

ぶるん、と意思を持ったかのように勢いよく飛び出た欲望は、先端から我慢の涙を流し続けている。

メリルの視界に汚らわしい雄の象徴を入れたくないと思う一方で、愛しい彼女を早く穢してしまいたい。相反する欲望がせめぎ合い、エリアスを苦悩させる。

「あ、ん……？　なにか、熱いものが……？」

ネグリジェ越しにエリアスの熱杭を感じ取ったらしい。視線を下げようとするメリルの意識を逸らすように、小さな口にかぶりつく。

彼女はとても優しいから、暴言を吐いたりはしないだろう。もしかしたら興味深そうにまじまじと観察するかもしれない。

どんな態度を取られても、エリアスにとっては興奮材料となってしまう。彼女の前で我慢できずに吐精してしまったら、少々気恥ずかしくはなるかもしれない。

「メリル……」

熱い口内をねっとり堪能し、彼女の思考を奪ったところでメリルの片手を己の股間へ導いた。

メリルの小さな手では、エリアスの屹立を握りきれない。

彼女の手の上に己の手をかぶせて、上下にしごき始めた。

「あ……これ、なにか熱くて太いものが……？」

「っ、見なくていいから。見るなら僕の顔を見てて……」

「エリアス様のお顔……」

メリルがじっとエリアスを見つめてくる。その表情が今すぐ宝物箱に閉じ込めてしまいたいほどキラキラして見えた。

こんな純粋に真っすぐ見つめてくれる女性の手を借りて、浅ましい行為をさせている。エリアスの中に背徳感に似た感情がこみ上げてきた。

――なにも知らないメリルを僕の色に染めてしまいたい。

己がずるい男なのは重々わかっている。メリルは純潔を失ったと思っているのを誤解させたままでいるのだから、酷い男だ。

彼女がもし既成事実がなかったと知れば、エリアスの元から去ってしまうかもしれない。

その可能性がどうしても拭いきれずにいた。

大好きな本でメリルの関心を引き、彼女が好む顔を利用しても、肝心のメリルの心まではまだ手に入っていない。いつか飽きられるのではないかという不安がエリアスの心の片隅にこびりついている。

――早く心が通じ合えるように、誠実に接しなければいけないとわかっているんだが……

欲望を制御しきれていない。

いっそ彼女の身体に白濁をこすりつけて穢してしまいたい。

直接中に注ぎ込まなくても、残骸を指ですくって塗り込めば、純潔を保ったまま身籠ってしまうのではないか。

そうなればもう離れられない。メリルの心はその後にゆっくり手に入れればいい……。

エリアスの思考が暗闇に沈みそうになる。

だがギリギリのところで打ち消した。

「ごめん、メリル……これは夢だから。朝になれば、君は変わらず綺麗なままだ」

「ん……っ、ゆめ……？」

上下する手を止めぬまま、エリアスはメリルに暗示をかける。

葡萄酒を飲んで正常な状態ではないのだから、今夜の出来事はすべて夢だと片付けてしまった方がいい。

それにこれ以上先に進むなら、彼女の意識があるときではないと無意味だ。心がほしいならなおさら。

「ゆめ……あ……、チャーリー」

「……チャーリー？」

メリルの口から知らない男の名前が出てきた。意図せず声が低くなる。

「チャーリーに会いたい……」

酔っ払いの思考は正常ではない。

そうわかっていていても、今の発言は聞き流せない。

「……チャーリーとはどこのどいつだ？」

リンデンバーグの貴族にチャーリーという名前の男がいるのだろうか。いや、貴族とは限らない。

だがメリルは滅多に社交の場に出ず、ミルドレッドの屋敷に引きこもっていた。

狭い交流関係の中でチャーリーと知り合うとなれば、それはミルドレッドに勤める使用人の可能性も……。

「ン……ッ」

メリルがエリアスの雄を握りしめたまま腕の中で眠ってしまった。彼女の白い手が赤黒い楔(くさび)を握っている光景が卑猥(ひわい)すぎて、エリアスの昂(たかぶ)りが一回り大きくなる。

この出来事は夢だと暗示をかけているが、チャーリーが誰なのか本人に確認しないといけない。

エリアスはメリルの手を上下にしごき、その手に白濁を吐き出した。

「ハァ……」

欲望を出せばすっきりするはずなのに。

エリアスの胸の中に広がるのは虚しさだけだった。

第五章

室内に差し込んだ朝日を感じて、メリルの意識は覚醒した。

すっきりした目覚めは爽やかな朝に相応(ふさわ)しい。

「ん……ぅ」

背中の感触から、メリルの寝台ではなさそうだ。この数日ですっかり慣れてしまった王太子夫妻用の寝台だろう。

——もう朝ね……。昨日の夜は私自分の部屋で寝たんだったかしら……？

寝ぼけ眼(まなこ)をこすりながら上半身を起こす。

昨夜の記憶はぼんやりしているのは、まだ目覚めて間もないからだろう。

「おはよう、メリル」

「っ！　エリアス様……おはようございます」

メリルは久しぶりに目覚めと共にエリアスの挨拶を聞いた。この寝台で起きたときは隣にエリアスはいなかったから。

――あら？　エリアス様、寝不足かしら……なんだか隈があるような……？

エリアスの眩しい美貌が霞んで見える。いつもはキラキラと空気が光って見えるほど麗しい笑顔だが、今朝は陰っているようだ。

「……エリアス様、寝不足ですか？　あまりよく眠れませんでしたか？」

「そうだな、一晩中考え事をしていて一睡もできていない」

「え……、それはお辛いですね。なにかすっきりする飲み物でも用意しましょうか」

メリルが寝台から下りようとしたが、エリアスが遮った。

「飲み物よりも……チャーリーとはどこの馬の骨だ？」

予想外のことを尋ねられ、メリルはぱちくりと瞬いた。

「何故エリアス様がチャーリーのことを……？」

「メリル、正直に答えてほしい」

エリアスが真剣な目で懇願する。

メリルは怪訝に思いつつも、きちんと答えることにした。

「昔飼っていた犬ですが……？」

随分懐かしい名前だ。

子供の頃にメリルが子犬だったチャーリーを拾ってきたが、継母は血統書もついていない雑種の犬を疎んでいた。大事な娘のプリシラまでがチャーリーを可愛がるのを許せなかったのだろう。

ある日突然チャーリーは姿を消した。

他所の家に譲ったと言っていたが、真相はわからない。ミルドレッドの使用人は誰もメリルに本当のことを教えてくれなかったから。

だがどうして急にエリアスがそんなことを聞いてくるのだろう。

「犬……？」

「はい、子供の頃に一時期飼っていた犬です。雑種で人懐っこくって、とても可愛かったんですよ」

「……その犬のことは夢に見たりするのか」

メリルは不思議に思いつつも正直に頷いた。

そういえば唯一覚えている夢は、大好きだったチャーリーと遊んでいるものだった。懐かしい思い出が記憶の奥底に残っていたのだろう。自然とメリルの頬が緩む。

「……そうか」

エリアスが脱力するように項垂れた。

大きく息を吐き出すと、そのままメリルに覆いかぶさってくる。

「っ！　え、エリアス様？」

「ちょっとだけこうさせてくれ。己の不甲斐(ふがい)なさに打ちのめされているだけだから」

「はぁ……大丈夫ですか？」

幸いエリアスはうまく体重を分散させている。メリルを潰さないように気を遣う余裕はあるらしい。

――なんだかこうして抱き着かれると、エリアス様が犬みたいだわ……チャーリーもよく飛びついてきたわね。

エリアスの頭にしょぼくれた耳と、しゅんと下がった尻尾まで見えそうだ。

衝動のまま彼の頭をそっと抱えて耳を探る。やはり犬耳は生えていない。

「メリル？」

「……あ、えっと……、落ち込んでいるようなので……、頭を撫でてさしあげようかと……」

咄嗟に思いついた言い訳を口にしながら、メリルはエリアスの後頭部を撫でた。金色のくせ毛は柔らかくてサラサラしている。

記憶の中のチャーリーも黄金色の毛をしていたが、あまり柔らかくはなかった。しっかりした毛がメリルの頬をチクチクさせた。

エリアスの触り心地のいい髪の毛を堪能していると、じっとしたままの身体が強張っていることに気づいた。

「エリアス様？」

しゅーん

彼の頬がわずかに赤い。

いつも見せている余裕が消えて、美しさやかっこよさに可愛さが追加された。まるで庇護欲をそそるような表情だ。メリルの手が思わず止まる。

「も、もしかして頭を撫でられるの、お嫌でしたか」

——不愉快だったかしら……成人男性の頭を撫でるなんて。いえ、それよりも不敬だったかも……。

「まさか。そんなことはない。むしろこんな風に撫でられるのは子供のとき以来で、少々照れただけだ」

エリアスがメリルから視線を逸らしながら、彼女を抱きしめる腕に力を込めた。

今まで見たことのない姿だ。メリルの心がそわそわする。

「そうでしたか……エリアス様は背がお高いですから、あまり撫でられるようなことはないかもしれませんね」

嫌がられていないのなら、このまま撫でていいのだろうか。彼の髪質はとても気持ちいいから、これからも触れてみたい。

「では、もしお嫌ではないようでしたら、今後も私に撫でさせてくださいませ」

「……いいのか?」

——あ、また幻覚が見えるみたい。頭にないはずの犬耳が、ピコピコ動いているわ。

尻尾もあれば、きっと左右にふさふさと揺れていることだろう。

「はい。ではエリアス様へのご褒美として撫でてさしあげます」

エリアスがなにか褒美を要求してきたら、今後は頭を撫でてあげよう。

――この気持ちはなにかしら。

甘くてくすぐったくて、ふわふわする。

自分でも言い表せられない感情がメリルの胸に広がっていった。

朝食を摂(と)り終えたエリアスは、上機嫌のまま執務机に向き合っていた。

――頭を撫でられただけで書類作業が捗(はかど)るなど、我ながら随分と燃費がいい。

己に振り分けられている仕事は国王の補佐が多い。頭の痛くなるような嘆願書に目を通すのも今日ばかりは苦ではない。

メリルから褒美をもらうために、いつも以上にやる気を出して早く面倒な仕事を終わらせたい。

頑張った一日の褒美に頭を撫でられると思うだけで気分が高揚してきた。これから徐々にメリルからの褒美をグレードアップさせていくのもいいだろう。

——なにか普段より頑張った後は、メリルからキスをしてもらうのもいいな。

普段はあまり表情を変化させない彼女が、顔を真っ赤にさせて上目遣いでエリアスを見上げてくるなんて、想像だけで滾ってしまう。

恥ずかしさを隠そうとするいじらしさも垣間見えて、ぎゅうぎゅうに抱きしめてしまうだろう。

だが彼女を抱きしめたままだとキスができない。

メリルが長身のエリアスにキスをするには、エリアスが座るか屈むか、寝転がるか……。

——寝転がったまま覆いかぶさってきたメリルを抱きしめて腕の中に閉じ込めるのもいいな。そのままキスをしてもらって寝るなんて最高じゃないか？

寝る前のキスはそれでいい。

昼間ならエリアスが椅子に座り、メリルを膝に乗せたら身長差問題も解決だろう。

「殿下、今日はやる気に満ち溢れていますね。なにかいいことがあったのですか？」

「あ、わかった。僕があげた葡萄酒を二人で飲んだんでしょう？　その様子だといい感じに仲が発展したんじゃないかな」

執務室に入って来たギュンターとジョエルがエリアスに問いかけた。口調は軽やかだが、彼らの持っている書類の量はえげつない。

「……なんだ、その量は」

「来年の予算案に一部修正が入ったじゃないですか。殿下から資料集めを命じられたので、まとめて持ってきただけですよ」

「僕もお使い兼兄上へのご機嫌伺いかな」

エリアスの執務机に書類が溜まっていく。

随分減らしたはずなのだが、さらに増えてげんなりした。

「あ、殿下の機嫌が下がりましたね。ほら、戻して戻して」

「急に戻せるか」

エリアスはギュンターに茶の準備をさせる。いったん休憩に入った方がよさそうだ。

メリルが就寝前に淹れてくれるハーブティーが飲みたいと思いながら、ギュンターが淹れた香り深い紅茶を口にした。彼も長年エリアス付の従者として傍にいるため、エリアス好みの茶を淹れられる。

紅茶を半分まで飲み干すと、ふとエリアスは今朝から考えていたことを口にする。

「ギュンター、急ぎで首輪をいくつか用意しておいてくれ」

「首輪ですか？　犬でも飼われるんですか？」

王城に飼い犬はいない。猟犬はいるが、専門の飼育員が存在する。

エリアスは首を左右に振り、至極当然と言うようにきっぱり告げた。

「僕がつける首輪だ」

カチャン……。

一緒に茶を飲んでいたジョエルが珍しく音を立てて、カップをソーサーに置いた。中身が跳ねてソーサーを汚している。

「なんという……」

「とうとう頭が……」

ギュンターとジョエルが顔を見合わせながらひそひそと話しているが、エリアスにも筒抜けである。

「聞こえているぞ。言いたいことは僕に向かって言え」

ギュンターが「それでは」と前置きをし、エリアスに問いただす。

「ついにメリル様の下僕になりたい願望でも出てしまったのですか？」

「ギュンター待って、僕も同じことを思っているけど正直に聞きすぎだよ」

「いい度胸だな、二人とも」

包み隠さないにもほどがあるが、エリアスは怒ってはいない。

メリルの夢には昔飼っていた犬しか出てこない話をし、もしかしたら自分がチャーリーとして彼女の夢に出ていた可能性に気づいた。

「どうせなら赤い首輪がいいな。黒だと落ち着きすぎていてつまらない」

「いやいや、いや……そういう問題ではないですよね？　え、私たちだけ違う次元に入り込んでます？」

「落ち着いてギュンター。兄上のはちゃめちゃな理論をまともに考えると、答えが出なくて迷子になるから」

「首輪をつけてメリルに可愛がってもらうのもいい案だな」

「兄上、黙って」

余計混乱すると言いたげにジョエルが遮った。

現実主義者な第二王子には、エリアスのエキセントリックな発言が理解できないらしい。

迷走の渦から戻ってきたギュンターが、指でこめかみをほぐしだした。

「ええと……、私は人間用の首輪を作ってほしいって頼むのは、ご勘弁願いたいのですが……」

「調整できるものなら使用用途を言う必要はないだろう」

「わあ、こういうときだけ真っ当なことを仰る……！」

なにやら苦悩するギュンターをジョエルが頷きながら慰めるという図が出来上がっていたが、エリアスの思考は今後のことに向いていた。

メリルのチャーリーになれるとは思っていないが、彼女に一番可愛がられる存在になりたい。彼女の愛しい存在になれるのであれば、夫だろうが犬だろうがどちらでもいい。

——いや、もちろん夫がいいが、犬の座も譲りたくないな。

彼女の一番はすべて自分がいいなど、欲張りにもほどがあるが。

――メリルの下僕という響きもなかなかよかったな。目指すか。

エリアスが静かな決意をすると、カップの中身が空になっていることに気づいた。

「ギュンター、紅茶のお替わりを淹れてくれ」

「……はい、すぐに」

「あ、じゃあ僕は用事があるから。またね、兄上」

この隙にと言わんばかりにジョエルが去った。

新しい紅茶を優雅に味わっていると、ギュンターが懐から一枚の封筒を差し出した。

「そうでした、こちらを先にお渡ししようと思っていたのですよ……すっかり遅くなってしまいました」

「なんだ、誰からだ」

「リンデンバーグ国のグレゴリー殿下からです」

「グレッグから?」

第二王子のグレゴリーとは時折近況報告をする仲だが、メリルがグロースクロイツにやって来てからはじめての文だ。

――いつもなら数か月に一度しか連絡をよこさないんだが、今回は早いな。

婚約者の令嬢とののろけ話でも書かれているのだろうか。羨ましいからこちらも盛大に話を盛ってメリルとのイチャイチャを送りつけてやろう。

そんなことを考えながら文に目を通すと、エリアスが訝しむように眉根を寄せた。

「どうかされたのですか？」

「……グレッグが近いうちにグロースクロイツまで来るらしい」

「おや、珍しいですね。その様子ですと、エリアス様がお呼びしたわけではなさそうですが」

「ああ、別に呼んではいないな。だが建国記念日の祭りがあるから、それに参加すると書かれている」

一か月後のグロースクロイツの建国記念日には毎年各地で祭りが催される。各国からの来賓客も集まってくるが、特にグロースクロイツから招待しているわけではない。

建国記念日の二か月後に国王の生誕祭があるため、そちらに合わせて招待状を送るようにしているのだ。

「グレッグの婚約者を連れてくるらしいが、同行者はもうひとりいる」

「どなたですか？」

「プリシラ・ミルドレッド侯爵令嬢――メリルの異母妹で、グレッグの従妹だそうだ」

リンデンバーグの王妃とメリルの継母が姉妹のため、プリシラとグレゴリーは血縁関係にあたる。

エリアスはふと、メリルから家族の話を滅多に聞いたことがないことに気づいた。

「うわぁ……メリル様の異母妹のプリシラ嬢って、確かメリル様の元婚約者を奪ったんですよね？　しかも身籠っていると言って、メリル様との婚約を解消されたんじゃ……まさかリンデンバーグの王子様方の従妹とは……」

ギュンターの声が引いている。

エリアスも面倒な予感がするとしか思えなかった。

「その通りだ。僕としては、あんな愚鈍な男にメリルが奪われなくてよかったと心底思っているし、プリシラ嬢にはむしろ感謝しかないが。身重のまま隣国にわざわざ来ると思うか？」

「……異母姉が恋しくてどうしても会いたくなったとか……」

「あり得ないな」

二人は同時に頷いた。

プリシラがメリルを慕っていれば、彼女を裏切り悲しませるようなことは絶対にしない。どう考えてもプリシラは自ら進んで異母姉の婚約者を誘惑したのだろう。

「グレッグめ、僕たちに厄介ごとを押し付ける気か」

「あまりいい報せではありませんね……メリル様はいかがしますか？　殿下から報告されますか」

——煩わしいことを聞かせたくないな。

正直なところ、メリルの気持ちを少しでも自分以外にあげたくない。

彼女の頭も心もエリアスでいっぱいにさせたいし、自分以外のことで彼女を占領されたくない。

ほのかな嫉妬が湧き上がる。メリルの異母妹は、一体なんの用事でグロースクロイツにまでやってくるつもりなのか。

「メリルには僕から言う。ギリギリまで黙っておくから、お前もうっかり口を滑らせるなよ」

「承知しました。あまり穏やかとは思えないのが厄介ですねぇ……」

「メリルの異母妹については一通り調べが終わっているが、もう少し探りを入れておくか」

グレゴリーと婚約者の旅にひとりで同行するというのも奇妙な話だ。何故プリシラの婚約者は一緒に来ないのか。

考えれば考えるほど面倒としか思えず、エリアスは深い溜息を吐いた。

メリルの読書空間は日に日に進化を遂げていた。

図書館の奥まった場所の一画はメリル専用の机が置かれ、ふかふかのラグの上にはいくつものクッションと温かいブランケットも用意されている。ちょっとした秘密基地のような場所は、一日中こもっていてもまったく飽きないし居心地がいい。

できることなら好きなだけこもりたいが、さすがにそういうわけにもいかない。

苦手なダンスレッスンを終えてから、メリルは静かに脱力していた。

そもそも運動自体が苦手だ。練習相手だったジョエルの足を何度踏みそうになったことか……。

「はぁ……やっぱり本の香りが落ち着くわ」

ゆっくりゴロゴロしながら、心理学書を漁る。主に恋愛心理について調べだしたが、思うような結論は得られていない。

ジョエルからもらった恋愛小説はすべて読み終わっている。参考にはなったが、自分とエリアスに当てはめて考えるには少々難しい。

——多分、恋をしている状態というのは把握できたわ。要するに、相手のことで頭がいっぱいになってしまう状態よね。では、私がエリアス様のことをつい考えてしまうのも、恋をしていると言えるんじゃないかしら……。

だがもっとわかりやすく恋愛物質が目に見えたらいいのに。人の感情は数値では表せられないのがもどかしい。

――それに恋愛の理論がわかったとしても、人の心など皆違うものよね。

メリルが知りたいのは自分自身の感情がどこにあり、どうしたいのかなのだが、自分の心と向き合うというのは高度な修行が必要だ。

どうにかして人の感情が可視化されればいいのにと思ってしまう。

だが、もしエリアスの感情がなんらかの方法で目に見えてしまったら……自分は慄（おのの）くかもしれない。

――エリアス様の感情は、なんていうか激しそうというか、重そうというか……。

一般的なエリアスに対する評価は無表情でにこりとも笑わず、女性に対して甘い笑顔を見せたことがないという冷たい印象が強いそうだ。

メリルを迎えて毎日笑う彼をはじめて見た人たちは、大抵二度見しているのだとか。

侍女たちから聞いた話の方こそ、メリルにとっては本当に同一人物なのだろうかと疑いたくなった。

――私が知っているのは、いつも甘い笑顔を向けてくれるエリアス様だけだものね。

エリアスは一途な男性で、メリルを運命の相手と信じてやまない。

彼が子供の頃から夢に見ていた少女と自分が一致しているとは思えないが、エリアスと視線を交わしていると、彼は真っすぐ自分を見てくれているのだと伝わってくる。

――エリアス様を不誠実な男性だとは思っていないわ。

夢の中の恋人発言も、彼の個性だとして受け止められる。

彼が甘く蕩けるような笑顔を向けるのは他の女性ではなく自分だけなのだと考えると、メリルの胸とお腹の奥が甘く疼く。

――確か小説の中にも書かれていたわね……相手に触れてほしいと思うのはもうとっくに、相手に惹かれている証拠だって。

「私もエリアス様に……」

――触れてほしい。

そうはっきり言える時点で、メリルはエリアスに恋をしている。

その気持ちを二度、三度と心の中で呟くと、どんどん感情が膨れ上がっていくように感じた。

恋愛感情が増幅しているようだ。

好きという気持ちが瞬く間に膨れ上がっていく。

キスをした瞬間や胸に触れられたことを思い出すだけで、なにやら叫びだしたくなる。だが決して嫌ではなかったのだ。

彼の体温に触れたい、抱きしめられたい。紫水晶のような美しい瞳に自分の姿を映してほしい。彼の声で名前を呼ばれたい。

そしてエリアスに会いたいと思うのも、心が彼を求めているからではないだろうか。

──エリアス様のことを考えるだけで、心拍数が上がっているわ……。もう誤魔化しようがない。

ついでに手首の脈をはかりながら二度、三度と頷く。これはもう認めざるを得ない。

元々エリアスの顔をずっと眺めていたいと思えるほど、彼の容姿は好ましかった。

出会ってすぐに既成事実を作られたことに関しては、今では少し引っかかるところがあるが。

──舞踏会の夜は記憶がないからなんとも言えないけれど……私からエリアス様に迫った可能性も存分にあり得るのよね。一目惚れをしたのかもしれないわ。

酔っていても好ましいものは好ましいはずだ。メリルからエリアスに抱かれたいと迫ったのだとしたら、穴に入ってしまいたい。

それに貴重なはじめてを覚えていないのはもったいない。一体どのような気持ちで彼との初体験を迎えたのだろう……。

──うう、気になるけれどエリアス様に直接確認するのは絶対に無理だわ。恥ずかしいどころじゃないもの。

嬉々として再現されても困る。きっと緊張しすぎて失神してしまうだろう。

だが、エリアスはメリルと共に寝ていても、一切手を出してこないことに気づいた。彼なりのけじめがあるのだろう。

――やっぱりエリアス様は誠実な方だわ。まだ婚約した段階だから、ひとつになるのはもう少し先だと思っているのね。

翌週にはドレスの仮縫いが出来上がる頃だ。大幅な体型の変化は避けなくてはいけない。

もう少し触れられたいという本能と、エリアスの理性が切れるような行動は慎まなくてはという気持ちがせめぎ合う。

せめて彼に好意を伝える努力をしよう。

メリルはエリアスを好きになる努力から、次の段階に進む決意をした。

その日の晩。

メリルは困惑気味に寝台の前で突っ立っていた。

――エリアス様に好意を伝えるようになりたいとは思ったけれど……。

寝台に寝そべるエリアスはいつも通り目に眩しい。その場にいるだけで拝みたくなるほど神々しい。

少しはだけた襟ぐりから彼の引き締まった身体や筋肉がちらりと覗いていた。

肌の面積が広がるにつれて、メリルの視線はどこに合わせたらいいのかわからなくなる。

だが今の問題は、エリアスの乱れた服装よりもう少し上にあった。

「……あの、エリアス様。首につけられている赤いベルトは、チョーカーでしょうか……？」

鮮やかな赤色でできた革製品だ。

よく見るとベルトのように調節ができるようになっている。

――多分絶対チョーカーではない……と思う。

じゃあなにかと聞かれると、ひとつしか答えが出てこない。

エリアスはメリルに寝台に座るようポンポン、と自分の隣を軽く叩いた。

「気になる?」

何故かうつ伏せの体勢で頬杖をし、メリルを上目遣いで見つめてくる。

胸の突起が見えそうで見えないという絶妙な体勢だ。妖艶さすら感じられる。

――鼻の奥がムズムズしそう……。

メリルは視線を彷徨わせるが、エリアスの目を見つめ返して寝台に腰かけた。

「はい、今朝はされていませんでしたよね。王都の新しい流行りでしょうか」

「うーん、流行りではないけど、メリルが言うなら流行らせようか」

「え……」

「嘘、冗談。これは君と僕だけの秘密にしたいし、真似されるのは嫌だな」

エリアスがメリルの太ももの上に頭を乗せた。

いつの間にか膝枕をする体勢になっていた。

鮮やかすぎる身のこなしに数回目を瞬く。

「ねえ、メリル。僕は君の犬になろうと思う」

極上の笑みと共に言われた言葉はメリルの理解を超えていた。

「……今なんと」

「君に可愛がられる愛犬になろうと思う」

余計なものが追加されている。

やはりエリアスの首に巻かれているものは、チョーカーではなく首輪だと理解した。

「何故急に首輪まで用意されたのですか？　今朝チャーリーの話はしましたが……」

まさか子供の頃の飼い犬に嫉妬したとは言うまい。

だが、エリアスのことだ。可愛がっていた犬を夢に見たことは覚えていると知って、ほのかな嫉妬が湧き上がらないとも限らない。

——こういうときの対応は……。

脳内に保管している記憶の蔵書を思い浮かべるが、婚約者が犬になりたいと縋って来た場合の答えなど当然ながら思い浮かばない。そもそも恋愛小説を読みだしたのも最近なのだから。

エリアスはうっとりとした笑みを貼り付けて、メリルを見上げた。

「愛しい女性に支配されたいと思うのは当然じゃないか？」

「私が支配、ですか？」

「まあきっかけは、メリルの夢にはチャーリーしか出てこないと言われたから。可愛い犬になれば夢の中で君に可愛がってもらえるかもしれない、と。でも僕の心も身体もメリルのものだ。君に飼われるなら、従順な犬にもなろうと思う」

メリルは仰け反りそうになった。

成人男性にそんな迫られ方をするのは予想だにしていなかった。

「わ、私に可愛がられたいのですか……」

「そうだな。君の一番の座は全部僕が奪いたい」

エリアスはメリルの片手を取ると、己の頭へ導いた。まるで撫でろと要求するように。

――確かに仕草は構ってほしい犬にも見えてくるけれど……。

このような関係は倒錯的ではないだろうか。

婚約者は未来の夫であり、愛犬でもあるなんて……。だがもしかしたら、世の中の夫婦は世間には内緒で、このような関係を築いているのかもしれない。

メリルはさわさわとエリアスの髪を撫でた。湯浴みをした後でまだ少ししっとりと湿っている。

艶やかな金色の髪は光が透けて見えそうなほど美しく煌めいていた。自分の黒髪とは正反対だ。プリシラの髪色より、エリアスの方が色素が薄い。

――なんだか年上の男性に甘えられているなんて、不思議な心地……。

嫌ではない。むしろもっと甘えられたいと思えてくる。

エリアスがうっとりと気持ちよさそうに目を瞑る姿も穏やかだ。この時間がもうしばらく続いてほしいと思えるほど心地がいい。

なにかに惹かれるように、メリルはエリアスの額にそっと触れるだけのキスを落とした。微かなリップ音が室内に響く。

「……私にだけ甘えてくれると約束してくれるなら、こうしていつでも可愛がってあげますよ？」

自分でも言うつもりのなかった台詞がぽろりと零れた。もしかしたら彼が自分にだけ見せてくれる顔に優越感を覚えているのだろうか。

エリアスの目がぱちりと開く。

「いいな、それ。すごく特別な感じがする」

エリアスがメリルの腹部に顔を押し当てながら、メリルの腰に抱き着いた。髪の隙間から覗く赤色の首輪が奇妙に艶めかしく映った。

——なんだろう、この感情……。愛おしさでいっぱいになる。

腹部に抱き着かれているのも、もっと撫でてほしいと甘えられるのも好ましい。もっと撫でてあげたいし、さらに甘やかしたくなってしまう。

誰にも見せない一面を自分にだけ見せてほしい。エリアスに安らぎと憩いを与えたくなる。

「このままではゆっくり休めないですよね。この首輪は外しますね」

「うん、いいよ。また着けたくなったらメリルに着けてもらうから」

首輪を外す手が止まった。

また着けるつもりなのか……という言葉はグッと飲み込んだ。

「……お望みであれば、いつでも」

そうは言いつつも、「首輪をつけて」とねだられる姿を想像すると複雑な心境になりそうだ。背徳感さえこみ上げてくる。

そのうち本当にふさふさな尻尾まで用意しだしたらどうしよう。どうやって装着するかまでは考えたくない。

――でも、エリアス様が喜ばしいなら、それでいいのかしら。

幸せの定義とは人それぞれである。常識に当てはめる必要はない……が、人として最低限の常識は忘れずにいたい。

メリルはエリアスの首から首輪を外そうとふたたびベルトに指をかける。しかし何故かエリアスが阻止した。

「エリアス様？」

「ね、メリル。今の僕は飼い主が大好きな愛犬だから、愛しい君に思う存分奉仕してあげようかと思っている」

「え……」

「犬の愛情表現は知っているだろう?」

体重をかけられて、メリルの重心が傾いたと同時に、背中がふかふかのマットレスに沈んだ。

あっという間に体勢を崩されて、押し倒されてしまった。満面の笑みを浮かべたエリアスがメリルの目を覗きこんでくる。

「ああ、そうだ。犬は手を使わないか。じゃあ口だけかな」

「えっ!」

エリアスが器用に口を使ってメリルのショールをずらすと、胸元のリボンを歯で嚙んで解いてしまった。

襟ぐりが大きく開き、肌を露わにさせられてしまう。

「ちょ……、エリアス様っ」

「ワン」

犬のように一吠えし、エリアスの唇がメリルの肌をなぞっていく。鎖骨にチュッとキスを落とすと、ぺろりと肌を舐めた。

そのまま彼の唇はメリルの胸のふくらみに到達し、巧みな舌使いでメリルの官能を引き出してくる。

甘やかな痺れがぞわぞわと駆け巡り、次第に体温が高まってきた。

「あ……、ンンッ」

胸の果実はまだ熟れていない。控えめなそれを赤く熟させようと、エリアスがかぶりついては丹念に舌を這わせて吸い付いてきた。

「んぁ……っ、それ、ダメ、ダメです……っ」

ちゅくちゅくと淫靡な唾液音が響く。下腹の奥が疼きだす。

メリルの官能は確実に引きずり出されつつあった。考えたくないが、下着が秘部に貼り付いている。

エリアスは宣言通り手を使わず、ひたすら舐めることに徹していた。

ざらりとした舌の感触がメリルの肌を刺激する。胸の頂はすでにはしたないほどぷっくり赤く膨れていることだろう。身体の奥が疼きを訴えてきた。

――もう、忠犬というより駄犬では……⁉

飼い主がダメだと言っても言うことを聞かない。

メリルの甘い声で諫めたとしても、きっとエリアスの官能をさらに刺激するだけだ。

一体どこで彼を興奮させてしまったのか。メリルにはまだまだ知らない殿方の生理的欲求があるらしい。

「あ、あぁ……っ、お腹、くすぐった……っ」

いつの間にかエリアスが頭からメリルのネグリジェの裾に突っ込んでいた。手を使わずにどうやって裾をめくりあげたのかはわからないが、恐らく巧みに歯を使ったのだろう。ゆったりしたネグリジェはエリアスを容易く招き入れてしまったらしい。

柔らかな髪がメリルの肌をくすぐってくる。

視線を下げると、ネグリジェの胸元からエリアスの顔が見えた。

はっきりと欲情している顔だ。紫の瞳の奥には隠しきれない焔が浮かんでいる。

「……っ！」

エリアスがメリルの目を見つめながら、ねっとりと胸の頂を舐めた。挑発しているような、からかいが滲み出ている。

「ふっ、あぁ……っ、まって、エリアス様……」

――そんな風にネグリジェに入って、胸を舐めるなんて……！　は、恥ずかしい……！

余計倒錯感が増してしまう。

全裸で肌を重ねるよりいやらしい気持ちになってしまうのは何故だろう。

待ってという制止の言葉は聞かなかったことにされたらしい。

エリアスはメリルのネグリジェの中を移動し、両側の腰で結んでいる下着の紐を器用に口で解いていく。

濡れて使い物にならなくなった下着がわずかに空気に触れて、ヒヤッとした感覚がメリルを襲った。

――ま、待ってって言ったのに……！

感じていることを知られてしまうのが恥ずかしい。顔は真っ赤に染まっていることだろう。

エリアスの息遣いが肌をくすぐる。こもった吐息が余計メリルの肌を粟立たせて、秘められた花園からこぽり、と蜜が零れた気がした。

「だ、ダメです、エリアス様……！　それ以上はもう……ひゃあッ」

ぞろり、と下腹を舐められたと思った直後。メリルの蜜を直接啜られた。

「ひゃあぁ……ッ」

じゅるじゅると響く淫靡な唾液音が鼓膜を犯す。

エリアスが啜れるほどはしたない蜜を溢れさせていたのかと思うと、叫びだしたい気持ちになった。

――っ……！　いくら湯浴みをした後だとしてもこれは……！

生理的な涙が浮かんでくる。

彼の舌が慎ましやかな花芽を舐めた。

「あぁ……っ」

メリルの腰が跳ねると同時に、エリアスの舌は遠慮を忘れてさらなる快楽を引きずり出そうとする。

「そ、んな……、ダメです……っ、ンアァ……ッ！」

ざらついた舌が何度も花芽を往復する。

強制的に高められた熱を放ちたくて、メリルは無意識のうちに片膝を立てていた。つま先がシーツを蹴るが、すぐに空を切る。

メリルが身体をひねったところに、エリアスが身体をねじ込んで来た。さらに彼と密着してしまい、互いの体温の高さに慄く。

興奮しているのは自分だけではないらしい。エリアスの熱い吐息も乱れた呼吸も、すべてが熱気となってメリルを襲う。

「んあぁ……、ひゃ、んっ」

彼の柔らかな髪がメリルの薄い皮膚をくすぐり、彼に触れられるすべての箇所に神経が集まってきそうだ。

エリアスがふたたび花芽にきつく吸い付き、舌先で執拗に嬲ってくる。

徐々に存在感を増していることが嬉しいのだろう。吸い付いては歯を立ててと、メリルを快楽の渦に落とそうとした。

「ンンゥ……っ」

奥からとめどなく愛液が零れてしまう。身体の制御が利かない。

分泌液がエリアスの端整な顔を汚していると思うと、ぞくぞくとした背徳感がメリルを襲った。

――やぁ……顔が見えないのは、嫌……。

「エリアス、さま……」

メリルはネグリジェの裾をめくり、彼の頭を撫でた。

ふとエリアスが顔を上げた。

そのあまりに妖艶で艶めいた眼差しを見て、メリルの下腹が強く収縮した。口元は蜜で光っている。王家特有の紫水晶の瞳もしっとりと濡れて美しい。

メリルは無意識に両腕を広げた。もっと彼の体温を直接肌で感じたい。

「……ッ」

メリルの願いが届いたのだろう。エリアスがすぐさまメリルの胸に飛び込んで来た。

胸元に縋ってくる彼の重みと温もりが愛おしい。

腹の奥はぐじゅぐじゅと疼いているが、さらなる刺激を求めるよりもこうして彼を抱きしめたい。

メリルはそっと首輪を外した。

少し赤くこすれた皮膚に、官能を呼び覚ますようなしっとりとした口づけをし、お返しとばかりにきつく吸い付いた。

エリアスがメリルにつけるものよりも不格好ながら、なんとか赤い鬱血痕がついた。不思議な高揚感が湧き上がってくる。

「……ッ！　メリル……」

「それ、隠しちゃダメですよ？」

人差し指でスッと所有の証をなぞる。

エリアスの肩がふるりと震えて、上体を起こした。

「ああ、隠さない……君が僕に与えてくれたものだ」

うっとりとした微笑を向けられた。この美しい人が自分にだけ微笑んでいるのだと思うと、たまらない心地になる。

――なんだろう、この感情。

もう少し踏み込みたい。

エリアスがどこまでメリルに求めているのか。彼も甘えられることをよしとするのか見極めたい。

メリルはそっと、お腹のあたりでぐしゃぐしゃになっているネグリジェの裾をめくりあげた。

「……いけないワンちゃんがたくさん舐めるから、ベトベトになってしまったわ」

ダメだという飼い主の制止も聞かず本能と欲望のまま舐められれば、せっかく湯浴みをしたのに台無しだ。

お腹の疼きはまだ収まっていない。中途半端に高められた昂りには蓋をして、メリルはエリアスを挑発して見せた。

紫の目がメリルの痴態を眺めている。下着は半分脱げかけているが、片側の腰紐は解けていない。

しっとりとした色香がエリアスの本能を揺さぶりかけた。彼はわずかに目元を赤く染めて、今にも飛び掛かりたいのを堪えているかのよう。

「こんな風に君を乱したのが僕だと思うと、酷く興奮する」

エリアスは隠さず己の本心を吐露した。

このまま一線を越えてしまえば、きっと朝まで放してくれなくなるだろう。

興奮したまま眠れるかどうかはわからないが、今は身を清めたい。

「それで、どうしてくれるんですか？　私をこんなにして」

「もっと乱れる姿が見てみたいが、今夜はやめておこう。君に嫌われたくない。濡れ布巾を持ってくるから、このまま待っててくれ」

そう言ってエリアスは浴室に消えた。

このまま一緒に湯浴みをしようと誘われるかと思ったが、濡れ布巾を持ってきてくれる方がありがたい。

——一緒に湯浴みなんてしてしまったら、悪戯どころじゃ済まないもの。

お腹の奥が切なさを訴えているが、今夜のところはこれ以上進むべきではない。

きっと朝になれば、舐め犬化した美貌の王太子を思い出して頭を抱えたくなるだろうが、今はこれ以上考えないことにした。

しばらくして浴室から戻ってきたエリアスは、心なしか少しスッキリしているようだった。

「悪い犬の始末はきちんと僕が責任をとる」

濡れ布巾を持ったままメリルに触れようとするエリアスと、それを阻止しようとするメリルの攻防戦が始まるが、結果は言わずもがなだった。

第六章

グロースクロイツ国には年に三回盛大な祭りが催される。主に春の建国記念祭、夏の国王生誕祭、秋の豊穣祭だ。

その他にも各地で小さな祭りが開かれるが、各国の使者を招くほどの規模の祭りはこの三つだけ。

五月下旬に開催される建国記念祭は、メリルが経験するはじめての大規模な祭りだ。

メリルの母国、リンデンバーグよりグロースクロイツは歴史が古い。その昔、リンデンバーグの国土はグロースクロイツの領土だった。

グロースクロイツが建国してからしばらくして、当時の王は土地の三分の一を王弟に譲渡し、新たな国家を建国したと言われている。

つまり元を辿ると、二国の王家は遠い親類にあたるとされている。随分血は薄まっているが。

そのため大陸の中でもグロースクロイツとリンデンバーグは友好国であり兄弟国として親

交が深い。二国間の王族も、他国に比べると親しい間柄として有名だった。

互いの国の大規模な祭りに王族が参加するのは珍しいことではない。時に婚約者を伴って訪問することもある。

とはいえ、さすがに無関係者まで同行するのは珍しい。

「……エリアス様、今なんと仰いましたか？」

メリルは思わず、エリアスに聞き返した。

「リンデンバーグの第二王子グレゴリーが、婚約者のセシリア嬢とメリルの異母妹のプリシラ嬢を伴って建国祭にやってくるそうだ」

温室内にあるサロンにて。メリルはエリアスと午後の休憩を取っていた。

急遽開かれることになったお茶会だが、小腹を満たす軽食のサンドイッチと、複数の焼き菓子が揃っている。

香ばしい匂いに誘われるように、メリルは木の実が使われた焼き菓子のひとつに手を伸ばしたところだったが、食べるのを保留にした。

「……何故、プリシラまでが……？」

「その理由が書かれていないから、推察しかできないな。普通に考えるなら、他国に嫁いだ姉が恋しくなって会いたくなったということだろうが」

――まだ嫁いでいませんが……。

心の中で冷静にツッコミを入れつつ、メリルは首を左右に振って否定した。焼き菓子をそっと皿に置いて紅茶を飲み、喉を潤わせる。

「……あり得ませんね。プリシラは私のことを嫌っていますので……」

生家の恥を晒すようで、メリルはあまり家族との不仲を明かしたくない。

だが夫となる相手になにも知らせず、面倒ごとを回避できるとも思えない。

「……お恥ずかしいのですが、プリシラは私を毛嫌いしていると言いますか、敵対心を抱いているようなのです。父が決めた私の元婚約者もきっと彼女自身は興味がなかったと思いますが、私の婚約者というだけで近づいたのかと。こちらに来る前は、屋敷で一度も顔を合わせていません」

「なるほど。それで、メリルは彼女のことをどう思っているんだ？」

「そうですね……」

本音を言うと、メリルはプリシラを憎んでも嫌ってもいない。

継母との関係がプリシラに影響を与えたのだろうと思っている。よくも悪くも彼女は素直だ。ほしいものをはっきりほしいとねだり、何としてでも我を通そうとする。

行動力もあり、流行にも敏感。男性にちやほやされることを快感だと思っており、そのための努力は惜しまない。メリルとは真逆の感性の持ち主だ。

「たとえ好かれていなくても、私にとっては可愛い妹ですよ。私とは違う生き物で興味深いですし、いろいろ感心することもありますし」

「ほう、たとえば？」

エリアスの声に笑いが混ざっている。違う生き物という表現が気に入ったのだろうか。

「プリシラは美への探求心がすごいんです。美容のための食事の管理や運動も日々欠かさずにしているそうです。どんなに好きなお菓子でも、食べ過ぎるということはしない自制心もありますし、ほしいものを得るための努力を惜しみません。社交的で、一度挨拶した人の顔と名前は忘れないんだとか。後は、流行に敏感で社交界でも常に話題の中心にいるための情報収集もしているそうですね。気になる店があれば自ら足を運んで買いに行くような行動力は感心します……頭で考えてから最小限の労力を望んでしまう怠惰な私とは違って、活動的で生命力に溢れていますわ」

プリシラの性格を言えば言うほど、自分とは正反対だ。

自信家で我がままだと思われるところがあるが、努力を惜しまず根性もある。少々詰めが甘いところは愛嬌だろう。

それに継母も共に、侯爵家が傾くほど浪費をしているわけでもない。一応節度は持っているようだ。

——たまに愚かなことをしているなって思うけど、そこも可愛いのよね……。

昔はとてもよくメリルに懐いていた。天使のような幼女にべったり後をついてこられるのは気分がよかった。

いつしか姉のものをほしがるようになってしまったが、メリルはあまり執着心がないためなんでもいい。

貴重な書物に火を放つような暴挙をされない限り、きっと激しい怒りは湧かないだろう。

「君は元婚約者を奪われて、恨んではいないのか」

「……薄情かもしれませんが、特には。もちろん、裏切りを知った直後は頭が真っ白になって、ついお酒を飲みすぎてしまいましたが……正直、父が決めた相手に恋愛感情を抱いていなかったのです。結婚してから、徐々に好きになればいいくらいにしか思っていなかったのですわ」

――あれ、そういえばプリシラは身籠っているんじゃなかったかしら？

妊娠中に旅行をしていいのだろうか。同行する王子と婚約者に負担をかけることになるのではないか。

そして何故、プリシラの婚約者は同行しないのだろう。エリアスが言わなかっただけで一緒に来る予定なのだろうか。

「なるほど、メリルに恨みはないことはわかった」

「怒りって持続しないんですよね。とてつもない気力と体力を使いますもの」

そのような体力があるなら、メリルは寝不足ギリギリになるまで本を読みたい。

一時怒りを抱いたとしても、紙に触れてひとたび頁をめくれば、すぐに本の世界へ旅立ってしまう。余計な感情は持続しないし邪魔なのだ。

「私にとってはプリシラも継母も、ミルドレッドの体面を保つための社交をすべて担ってくれているのでありがたいと思っています。父と私は似た者同士なので、社交界や夜会といったものは煩わしいと思ってしまいますし……着飾ることより、知識欲を満たしたいという欲求の方が強いのです。プリシラより私の方がよっぽど我がままなんですよ」

プリシラがいるから、メリルは好きなことに没頭でき、侯爵令嬢としての義務を負わなくても許されていた。メリルや侯爵はミルドレッド家の特性が濃く学者気質なのだ。

——私はなんの疑いもなく、長女だからミルドレッドを継ぐのだと思っていたけれど、それこそ傲慢だったのかもしれない。プリシラの方が家に残りたがっていたなんて知らなかったものね……もっと話し合いをするべきだったわ。

他家に嫁ぐより、プリシラが婿を取ってミルドレッドに残りたいと思っていたと早く知っていれば誰も巻き込むことなく、騒動にもならなかったのではないか。

メリルもきっと、重い腰をなんとかあげて社交の場に出て、自ら未来の伴侶を探していただろう。

——……私を選んでくれる殿方が見つからないって嘆いていそうだわ。

自分を売りに出し、社交界という品評会の場で男性に見初められる姿が想像できない。リンデンバーグ国で愛される女性は、可憐で朗らかで鈴の音を転がすように笑う可愛らしい声の持ち主だ。

メリルのように落ち着いた低めの声は男性に好かれない。

飲み干したカップに新たな紅茶が注がれる。

エリアスが焼き菓子を一口頰張ってから、微妙な顔でメリルに問いかけた。

「まさかと思うが、もし彼女が婚約者を交換してほしいなどと無茶な要求をしても、メリルは受け入れないよな？」

「まさか！　そんなことはしません。さすがにプリシラも道理を弁えて……」

……いるはずだ。多分。

――あれ、エリアス様との婚約を知った時のプリシラって、ものすごい剣幕で怒っていなかったかしら。

記憶を蘇らせる。

確かいろんなものを破壊する勢いで怒り喚いていた。つい二か月ほど前の出来事だが、もっと昔のことに感じられる。

だからといって婚約者を交換したいなどと言うはずがないだろう。

プリシラは母親になるのだし、譲ってばかりのメリルもエリアスのことを手放すなど考えられないのだから。

「だがもし、そんな無茶な要求をしてきたら？　メリルは断固拒否してくれると思っていいんだな？」

エリアスがテーブルの上に置いていたメリルの手を取った。

キュッと手を握られるだけで、メリルの体温が少しずつ上昇していく。

「当然です。エリアス様は私の……私だけの、旦那様になるお方です」

「うん、そうだ。僕の妻もメリルしかいないと思っている」

蕩けるような微笑を浮かべて、エリアスがメリルの口に甘いチョコレートを食べさせる。

「口、開けて」

「え……っ」

薄く口を開くと、隙間にチョコレートが差し込まれた。

それをしっかりメリルに味わわせるように、エリアスは指先までメリルの口内に含ませる。

「ん……っ」

口を閉じてもエリアスの指は出て行かない。

そのまま舐めてしまえば、彼の指もチョコ塗れになってしまう。

「おいしい？　僕の指も一緒に舐めて」

「……ッ！」

口内でチョコレートを転がしながら、チュパチュパとエリアスの指先を舐める。これではチョコレートを食べているのか、エリアスの指を食べているのかわからなくなりそうだ。

——はしたないって思うのに……。嫌じゃないなんておかしいわ……。

徐々に官能が高められてしまいそうだ。エリアスの目の奥に潜む熱に気づいてしまった。

「ん……エリアス様」

口内のチョコレートがあらかた溶けた。唾液も甘さが薄まっている。

「いいな、蕩けるようなメリルの表情が最高にいやらしい。僕のものもこうして舐めてもらいたいと思えてくる」

「え……？」

なにを舐めてほしいのだろう。

頭がぼんやりしてきてよく理解できない。

「……エリアス様が望むなら、いいですよ？」

「うん、きっとわかっていないから気にしないでくれ。まあそのうち、ね。君に嫌われるようなことは慎むって決めている」

そう言いながらエリアスはようやくメリルの口から指を引き抜いた。唾液に塗れている指をためらいなく舌で舐めとっている。

——なんか、ドキドキする……。

直接口づけられたわけでもないのに、口づけよりもいやらしさが増している。

プリシラの来訪の話をしていたはずなのに、どうしてこんな空気が漂ってしまったのか。サロンの入口に控えているだろうメリル付きの侍女や、ギュンターの顔をしばらく直視できそうにないと思ったのだった。

建国記念日の二日前。

リンデンバーグ国からグレゴリー一行が到着したとの報せが入った。

――ついに来たのね……。

そう思いつつも、この目で確認しない限りプリシラが本当に同行しているとは思えない。

実際に同行していたら、第二王子とその婚約者に迷惑をかけていなかったかどうかが気になってしまうだろう。

まずは姉として謝罪をした方がいい。メリルは万が一に備えて、プリシラの振る舞いに対する謝罪文を頭の中で繰り返していた。

エリアスのエスコートと共に、彼らが案内された離宮へ赴いた。各国の使者を滞在させるための離宮にメリルが足を運ぶのははじめてだ。

「メリル、先ほどからなにを考えているんだ？」

エリアスが離宮に続く庭園を歩きながら尋ねた。

なにやら思案顔をしているメリルを案じたのだろう。

「はい……一体なんと言って妹がかけた迷惑を詫びればいいのかと、謝罪文を繰り返していました」

「……ぶっ、ははは」

エリアスが珍しく笑いだした。

「殿下、メリル様に失礼ですよ」

背後を歩くギュンターが口を挟む。

「いや、メリルらしいと思っただけだ。なんと言って顔を合わせたらいいのかと悩んでいるのかと思いきや、グレッグたちへの謝罪か。まあ、グレッグにとっても彼女は従妹にあたるなら、大体の性格は把握しているだろう。セシリア嬢に向けた言葉を考えておいた方がいいんじゃないか」

「お二人ともプリシラ様が迷惑をかけている前提で話が進んでいますね」

ギュンターがしみじみと呟いているが、そうとしか考えられないのが辛いところだ。

「そうですね、まずはセシリア様へのお言葉を……」

そう言った直後、どこからか軽やかな靴音が迫ってくる。

「お待ちください……っ」と制止する声までもが響いてきた。

――この足音は……！

エリアスとメリルが離宮に続く庭園を抜けきったところで、曲がり角からプリシラが走って現れた。

まるで春の妖精のような可憐な姿だ。

薄紅色のドレスを纏い、金の巻き毛がふわりと揺れている。この場にいる人間の視線を一瞬で奪うほどの存在感を放っていた。

「プリシラ……」

てっきり部屋で優雅にお茶を飲みながら待っているのかと思いきや、本人の方からお出ましになってしまったらしい。

きっと待ちくたびれたんだろうな、とメリルがのんきに考えていると、メリルたちに気づいたプリシラが突進してきた。

「あ、エリアス様。おさがりになっててください」

ドレス姿なのに軽やかな足取りで、早歩きと言うにはいささか速すぎる。

「ん?」

「妹はすぐには止まれませんので」

プリシラは妖精の皮を被った小さな台風だ。猪(いのしし)のように猛進し、常に真っすぐ標的を目指してくる。

しかしメリルの予想に反して、プリシラは速度を落とした。

これまでなら怒りを露わにした形相でメリルに突っかかってきたが、メリルに近づいてくるプリシラは再会を喜ぶ愛らしい妹の顔だった。

「お姉様〜！　お会いしたかったわ……！」

いつもの声より心なしか高めの声でメリルを呼び、正面から抱き着いてきた。

――う、衝撃が……っ。

プリシラは華奢な身体つきに見えるが、日頃からの美容体操のおかげで体幹がしっかりしている。

運動といえば重い本を数冊抱えて移動することと、妃教育のダンスの練習くらいしかしていないメリルの方が、一般的な令嬢らしくひ弱だ。

抱き着かれたまま後ろに倒れそうになったが、エリアスがさっとメリルの肩を支えてくれた。

「えっと、久しぶりね、プリシラ……。お部屋で待っていたのでは？」

「もうそろそろいらっしゃる頃だと聞きましたので、迎えに来ましたわ」

抱擁を解き、メリルを見つめる顔はどこから見ても姉を慕う妹にしか見えない。

メリルは一瞬、これまで嫌われていると思っていたのは思い過ごしだったのだろうかと考えそうになっていた。

——実は夢を見ていた……？　いえ、そんなはずは……蔑まれていた記憶は残っているし、ミルドレッドを去るときだってプリシラは顔も見せてくれなかったもの。

ではこの変わりようはなんだろう。

もしくは、姉が大好きな令嬢の演技をしているだけだろうか。体面を気にして。

メリルが思考をぐるぐる巡らせていたが、ハッとする。エリアスを置き去りにしていた。

「……失礼しました、エリアス様。私の異母妹のプリシラです」

「ようこそ、グロースクロイツ城へ。メリルの婚約者のエリアスだ」

エリアスがプリシラに声をかけると、プリシラは完璧な淑女の礼を取りエリアスに一礼した。

「はじめまして、エリアス殿下。無礼な振る舞いをお見せして申し訳ございません」

「構わない。親愛する姉との再会なら、感極まるものだろう」

——エリアス様の外交的な微笑ってはじめて見たわ。

メリルに見せる蕩けるような微笑ではなく、冷たさの残る社交的な笑みだ。この笑顔すら滅多に見せない顔らしいが、どんな表情でもエリアスは顔がいい。メリルもつい凝視してしまいそうになる。

エリアスの微笑を直視したプリシラは、恥じらうように頬を赤く染めた。どこからどう見ても愛らしさしか感じられない。

庇護欲を誘い、多くの男性を虜にする振る舞いを自然にできるところは見習いたいものだ。

――すごいわ、この一瞬で侍女と護衛の近衛騎士にギュンター様まで……プリシラが視線を独占している……。

一瞬呆(ほう)けた顔をすぐに引き締めていたが、彼らの心になんらかの種を撒いたことだろう。

メリルが密かに感心していると、グレゴリーたちが待つ部屋に移動することになった。

「プリシラ、体調は大丈夫なの？」

隣を歩くプリシラに小声で尋ねた。

そっと腹部に視線を移すが、まだふくらみは確認できないようだ。だが変わらず腹部を圧迫するようなドレスを身に着けていることが不安になる。

プリシラはメリルの問いを正しく理解し、けろりと答えた。

「問題ないわ。はじめから嘘だったもの」

「え？」

――嘘？

妊娠したというのは、でたらめだということだろうか。

だが、さすがに妊娠騒動まで起こしてメリルの婚約者を奪ったというのに、嘘で済ませられるはずがない。

すぐにでも確認したいところだが、目的地に到着してしまった。詳しい話は人目がないところで確認しよう。

扉が開かれると、中にはリンデンバーグ国の第二王子であるグレゴリーと、婚約者のセシリアが待機していた。

「待たせたな、グレッグ。セシリア嬢」

「いいや、こちらこそ急に大勢で済まないな」

エリアスとグレゴリーが挨拶をしている間、メリルはハッと思い出す。プリシラの迷惑を被っていたであろう彼らに謝罪をしようと考えていたのだった。

——お礼が先？　いえ、謝罪が先よね……我がままを言って同行してきたのだから。

メリルも二人に挨拶を済ませると、プリシラについて謝罪を口にした。

「殿下とセシリア様にはいろいろとご迷惑をおかけしたのではないかと……申し訳ありません」

「ちょっとやめてよ、お姉様。それじゃあまるで、私が我がままを言ってついてきたみたいじゃない」

「え……事実では？」

これまでのメリルなら火に油を注ぐ真似をせず本心を隠していたが、エリアスと過ごすうちに、心の声を表に出すようになっていた。そうでなければ丸め込まれてしまうから。

プリシラが不機嫌そうに眉を顰める。その顔は子供の頃から変わっていない。

「私が同行したのは国王陛下に頼まれたからよ。お二人の婚前旅行を認めるにはもうひとり同行者をつけるように、陛下が仰ったのよ。そうなると、一番適役なのは誰が考えても私でしょう?」

確かにプリシラはグレゴリーの母方の従妹にあたるし、異母姉がグロースクロイツの王太子と婚約しているのだから適任と言える。

――でも道中で迷惑をかけていない理由にはならないと思うのだけど……。

だがいくらプリシラでも分別を弁えているはずだ。メリルはそっとグレゴリーとセシリアを窺った。

「ああ、プリシラの言う通りだ。俺たちにとっては、ついて来てもらったというのが正しい」

「そうですわ、メリル様。迷惑なんてかけられていませんから、ご安心ください」

セシリアがおっとりと微笑んだ。そう言われれば納得するほかない。

「そうでしたか、安心しましたわ。妹と会わせてくださりありがとうございました」

となると、プリシラが自発的にメリルに会いたかったわけではなさそうだ。

グレゴリーたちの表情も気になる。なにか隠しているように見える。

――でもなにか裏がありそうね……。きっとエリアス様も同じことを考えているでしょうけど。

お茶の準備が整った後、エリアスはギュンターを残して人払いをした。

室内にはギュンターが給仕係として待機しているが、その他の使用人はすべて部屋を出ている。

「――さて、これで心置きなく話せるな」

エリアスがゆったりと脚を組み替えた。

「遠慮はなしだ、洗いざらい話そうか」

グレゴリーが小さく嘆息した。旅の疲れからではなさそうだ。

「あー、どこから話せばいいのやら……俺はこういうのは向いていないんだが」

「もったいぶらずにさっさと話せ」

メリルは間を埋めるようにハーブティーを一口飲んだ。爽やかですっきりした味わいのハーブティーは、心を落ち着かせてくれる効果がありそうだ。

――どうか私とは無縁の話でありますように。

そうしたらメリルは空気役に徹することができる。

「では……メリル嬢、ランドレッド・リルメルという人物に心当たりは？」

「……っ、え？」

メリルの思惑は早々に砕かれてしまった。

思いがけないことを訊かれて密かに動揺する。

「誰だ、それは。何故僕のメリルにそんなことを訊く？」

「さりげなく自分の所有物のように主張するなよ。別に彼女を責めているわけではない。ただ確認しているだけだ」

エリアスがメリルの肩を抱き寄せた。

そっと耳元で「言いたくないことには黙秘していい」と囁いてくれる。

メリルはそっとエリアスを引きはがし、姿勢を正した。

「いえ、ちょっと驚いただけで……その名前をどこで聞いたのですか？」

「では認めるんだな？　君がランドレッドだということを」

「……ええ、そうですね。お恥ずかしながら……その名前は私が十年ほど前に、自分の名前を並べ替えて作った偽名です。主に、読書感想用の……」

メリルのフルネームはメリル・エメライン・ミルドレッド。この中から文字を抜き取り、ランドレッド・リルメルという偽名を作った。

何故グレゴリーが急に確認してきたのだろう。メリルの頬に熱が集まってきそうだ。主に羞恥から。

「読書感想？　君は今まで読んだ本の著者に感想文でも送っていたということか？」

エリアスに確認されて頷き返す。

「もちろん、すべてではないですよ。私が純粋に感銘を受けたときや、疑問を感じたときに失礼にあたらない程度に……いつしか知識欲を満たしたいというだけではなく、もっと理解を深めたいと思うようになってしまったんです」

「待て、十年前からと言っていたか。そのとき君はまだ八歳だろう」

「そうですね、本名の並べ替えなんて恥ずかしいので、もっと別の名前にすればよかったですね……」

——若気の至りだわ……。

「そういうことではないが……ちなみに何故男性名なんだ」

「それは、女性からの手紙は読んでもらえないかもしれないと思いまして。性差別という言葉は使いたくはないですが、女性の意見は生意気だと思われるかと。公平な目線で見てもらうには、男性名の方が入り込みやすいですから」

「それを八歳で感じ取っていたのか……」

エリアスとグレゴリーが感心したような苦い物がこみ上げたような、複雑な表情を浮かべていた。

メリルの父、ミルドレッド侯爵は博識の一族らしく本の虫のため、メリルが読書漬けの日々を送っていてもなにも思わない。むしろ気になる書物があれば、彼から買い与えられることが多かった。

物心がついた頃から毎日多種多様な本を漁るようになったため、メリルが手紙を書きたいと思ったことは自然の成り行きだったのかもしれない。

――でもこの数か月は忙しくて誰にも感想文を送っていないし、グロースクロイツに来た時点で止めようと思っていたし……。

そもそも一方的な自己満足のようなものだ。相手からの返事を望んでいるわけではない。

「だがいくら偽名を使っても、実際の住所を書いてしまったら素性がバレるだろう」

エリアスの素朴な疑問に、メリルは「郵便局の私書箱を利用していましたので」と答えた。

「毎月の私書箱の使用代は私の書籍代のお小遣いから賄っていましたから、家族にもバレていないかと。たまに町に下りて、本屋に寄るついでに郵便局で私書箱を確認するのが一番の楽しみでした」

返事がほしくて送っているわけではないが、それでも手紙が届いていると嬉しかった。もらった手紙はメリルの宝物として、手元に置いている。

だが、バレていないと思っていたのはメリルだけだったらしい。グレゴリーが確認してきたということは、どこかでメリルと結びついたということだろう。

「あ〜、こんなことを言うのは心苦しいが……、実はもう結構前からランドレッドの正体はミルドレッド侯爵令嬢だと知られていたんだ。つまり、公然の秘密というやつになっていた」

「え……っ、本当ですか？　グレゴリー殿下」

「ああ。というか、いたるところの学会でランドレッドの話題が広まっていてな。自分のところにも手紙が来たか、君のところにもようやく来たかと密かに自慢大会がされるうちに、ミルドレッド侯爵が自分の娘の筆跡だと認めてしまったらしい」

「ええ……！　お父様が⁉」

そんな話は一度も聞いたことがない。

そういえば数年前から、メリルの部屋にあらゆる分野の本が運ばれるようになったが、きっかけが思い出せない。

メリル自身が頼んだわけではなかったが、ねだってもいなかったはずだ。もしかしたら父がメリルに読ませようと思って選んでいたのかもしれない。

「当然、本人に知られればもう手紙を送って来なくなってしまうかもしれない。思春期の令嬢は恥ずかしがり屋だと思われているからな。そうなってしまえば、貴重な読者をひとり失い、ランドレッドの感想を聞けなくなるだろう。それを惜しいと思った人が多かったということだ」

「なんという……。私の密かな行動が筒抜けだっただけでなく、お父様にまで知られていたなんて……全然気づきませんでしたわ……」

さすがにメリルが出した手紙の内容まで父に把握されているとは思いたくないが、隠れてそんなことをしていたのかと知られるのは無性に恥ずかしい。

——穴があったら入りたい……。

メリルが項垂れていると、エリアスが「待て、学会？」と呟いた。

「メリル、今までどこに手紙を送っていたんだ？」

「ええと、いろいろでしょうか。そのとき関心があった分野を読み漁っていたので、正確には覚えていませんが……感銘を受けた論文も含めますと、たくさんとしか」

詩集から歴史書、哲学、気象学、医学、物理学、数学など、幅広い分野の書物を節操なく読んでいた。

すべてミルドレッドの蔵書であり、メリルの父も目を通しているものだ。中毒にも似た知識欲は遺伝性のものだろう。

エリアスがグレゴリーに意味深な視線を送った。

「まさかお前が来た目的は、メリルを連れ帰ることじゃないだろうな」

「ええ？」

まさかと思うが、グレゴリーは否定しない。

彼はおもむろに溜息を吐いた。

「正直俺も参っている。本人に帰国の意思が認められるようであれば連れて帰って来いというのが、我が父からの伝言だ」

「なんだと？」

エリアスが殺気立った。

メリルの腰を抱き寄せて、膝の上にサッと乗せる。

「……っ！　エリアス様、下ろしてください」

「嫌だ。メリルは目を閉じて耳も塞いでいい。いや、僕が塞いでおいてあげよう、安心しなさい」

「結構ですし無理ですっ」

見るな聞くなと言われても無茶だ。自分のことが関わっているのに、無関心ではいられない。

「殿下、当事者のメリル様には知る権利があります」

「……わかっている」

新しいお茶を持ってきたギュンターがエリアスを諫めて、ようやく納得してくれた。が、メリルを膝から下ろすことは却下されてしまった。

──解せない……恥ずかしい……。

生温（なまぬる）い眼差しを向けられていることが伝わってくる。

プリシラに至っては、「いちゃつくんじゃないわよ！」と、メリルにしか気づかない殺気を放っていた。苦情はエリアスに言ってほしい。

「つまり、メリルがうちに嫁ぐことになったと知ったリンデンバーグの一部の人間が抗議でもしたんだろう。それに賛同した大臣たちまで苦言を呈したということか」

「概ね合っている。ミルドレッド侯が認めたとはいえ、そこまで認知されている博識な一族の令嬢を、何故隣国の王太子妃にさせるのかと。我が国の損失だという訴えまで出てきている始末だ」

「なんてこと……」

当事者なのに蚊帳の外だった。まったく知らされていない新事実に、メリルの頭は追い付いていけない。

――ただの本好きの引きこもりなのに、こんな大ごとになっているなんて……。

頭痛がしそうだ。

「メリル様、どうぞ」

「ありがとう」

ギュンターが新たに淹れてくれたハーブティーが、メリルの心をほっと落ち着かせてくれる。

「それで、メリルがエリアスの子供を身籠っていないのなら、まだ婚約解消の余地があるのでは……と、父上が考え出したんだ。もちろん、無理やりなんて考えていない。本人の意思を尊重することが前提だ」

「なら帰れ。僕とメリルは横やりができないほど愛し合っている。メリルのお腹には今にも子供が宿っているかもしれないし手放すつもりは毛頭ない」

「え、え?」

エリアスがメリルの腹部を撫でまわす。

そのいやらしさを感じる手つきに物申したい気持ちもあるが、子供が宿っているかもしれない事実はないはずだ。……多分。

──な、ないわよね……? って思いたいけれど、前科があるから安心できないわ……!

エリアスとふたたび結ばれた記憶をなくしているという可能性もなくはない。もう二度と飲酒はしない方がいいだろう。

「そうだろう、メリル。君は僕を捨てたりなんてしない。一生僕の飼い主になってくれるって約束しただろう?」

「は? 飼い主?」

グレゴリーの疑問に答える度胸はない。メリルはそっと額に手を当てた。

「あー、うん。エリアスがメリルと離れたくないというのはわかったが、そもそもお前は夢の中の恋人を花嫁にしたいと言っていたはずだろう。それがメリルだという絶対的な確証はあったのか?」

「それは……」

「メリルはエリアスを夢で視たことはあるのか」

「……いえ、わかりません。いつも起きたら夢を忘れてしまっているので……」

確証はメリルのお尻のほくろしかないが、メリル自身エリアスを夢で視ていない。彼が探しているのは自分だと言い切れない理由だ。

そもそも荒唐無稽な話だ。夢で何度も逢瀬を重ねていた相手を花嫁に選ぶなど。

「私、実は子供の頃からエリアス殿下を夢で視ていますわ」

今まで黙っていたプリシラが笑顔で言い切った。

思わぬ介入に、メリルも言葉を失ってしまう。

「毎晩ではありませんが、月に数回ほど。エリアス殿下のお姿を拝見したとき、とても驚いたんですわ。夢で何度も逢瀬をしていた相手が実在しているんですもの」

エリアスの顔から笑みが消えた。

表情が消えると神々しい美貌が増すが、同時に冷え冷えした空気を感じる。メリルの背筋もぶるりと震えそうだ。

「つまり？　君はなにが言いたいんだ」

決して声を荒げていないのに、エリアスの機嫌が急降下しているのが伝わってくる。

身じろぎひとつできそうにない。

「殿下が夢でお会いしている相手はお姉様ではなくて、私かもしれないということですわ」

プリシラはよっぽど肝が据わっているようだ。

メリルが緊張からじっとしていることしかできないというのに、自らエリアスに売り込んでいる。もはや怒りを通り越して呆れてしまった。

一体プリシラはどこまでメリルのものをほしがるのだろう。

——エリアス様が予想していたことが本当に起きるなんて……。

もしもの話はするものではないかもしれない。不吉を招いてしまう。

このまま黙って成り行きを見守りたいが、そういうわけにもいかない。心の中でそっと溜息ひとつ落として、プリシラを諫めた。

「……プリシラ、それではまるでエリアス様が勘違いで私を選んだと言っているようなものだわ。それに、あなたはクリストフ様と婚約しているでしょう。もうすぐ母親になるというのに……」

「さっきも言ったじゃない。妊娠は嘘よ。クリストフ様にそう言えって言われたの」

「……はい？」

「お姉様より私と結婚したいって迫られて、仕方なくついた嘘よ。お母様も、お父様が選んだ相手と結婚すれば婿養子を取るのは私になるのだからそうしなさい、って」

「えっと……私にクリストフ様と愛し合っているって言わなかったかしら」

「さあ？　覚えていないわ」

外見だけなら妖精のように可憐で邪気のない笑顔を浮かべているが、言っていることはめちゃくちゃだ。

あまつさえ、クリストフとの婚約は解消されたと言いだした。もう意味がわからない。

——頭痛がしてきそうだわ。

「それにあの男は、私のことを本当に婚姻前に手籠めにしようとしたから、返り討ちにしてやったの。そのくらい当然でしょう。婚約しているからって手を出していいことにはならないのよ」

「……」

そっとエリアスを窺うが、メリルと視線を合わせることはなかった。

——というと、私は婚姻前にエリアス様と肌を重ねてしまった身持ちの軽いふしだらな女になるのかしら……。

クリストフがどうなったのかわからないが、興味もない。

だがプリシラがメリルの座を狙っていることはわかった。

「……グレッグ。僕たちをこんな茶番に巻き込むために、わざわざグロースクロイツにまでやって来たのか」

「いや……すまない。俺とセシリアの一番の目的は建国祭を祝うためだが」

「リンデンバーグの国王とミルドレッド侯は、あわよくば娘を取り替えようと思っているわけではあるまいな。メリルをふたたびミルドレッドに連れ戻し、婿を取らせて家を継がせ、自らを僕の運命の相手だと主張する妹を王太子妃に据えようなどと」

扉の前にたたずむギュンターまでもが、憐れみを含んだ眼差しをメリルとエリアスに向けていた。

──私が沈黙していてはダメだわ。

メリルがはっきりと主張しなくてはいけない。

リンデンバーグの国王もメリルを無理やり呼び戻すことをしないと言っていた。メリルがどうしたいのかが重要なのだ。

メリルはエリアスの膝から下りて、グレゴリーとセシリアに向き合う。

「グレゴリー殿下、セシリア様。私は今、エリアス様のお傍にいられてとても幸せです。いつかリンデンバーグが恋しくなるときも来るかもしれませんが、それは苦しさから逃れたいからではありません。私はエリアス様と共に歩む覚悟を決めております」

エリアスと出会ったきっかけはとんでもないものだったが、彼から離れたいと思ったことはなかった。予想外の発言をするし、メリルを振り回してばかりいるが、そのおかげで退屈だと感じたことは一度もない。

それに今さら他の男性を見ろと言われても無理な話だ。メリルはエリアスの顔が、胸が焦がれそうになるほど好みなのだから。

これからもっといろんなエリアスの表情を見てみたい。

「どうぞそのように国王陛下にお伝えくださいませ」

「ああ、わかった。ちゃんと諦めるように言っておく」

グレゴリーの言葉を聞いて安堵する。

「君に捨てられなくてよかった」

エリアスがメリルを抱きしめようとしたが、そっと手で制した。

「節度は大事です」

にっこり微笑みかけると、エリアスの腕がしおしおと下がった。彼の耳に犬耳が生えていたらしょんぼりしていることだろう。

「ど、どうしてそんなにお姉様がいいのですか。引きこもりで怠惰で気づけば一日中ゴロゴロしているような人ですよ！　私なんて動かなかったらすぐに太るのに、大した運動をしなくても太らないいなんてずるいわ」

後半は愚痴になっていたが、メリルのことはすべて事実だ。

――もしかしたら、プリシラは私に対して些細な嫉妬が入っていたのかも。

嫉妬されるようなことはなにもないが、それは本人にしかわからない。

それでもなんとか感情的になるのを堪えているプリシラに、エリアスは淡々と答える。

「どうしてと言われても、僕はメリルのすべてが好きだからいちいち理由など挙げられない。ひとつずつ答えようとしたら日付が変わってしまうが、それでもいいなら答えてあげよう」

――日付が変わるほど……なにを言う気なの。

聞きたいような聞きたくないような……聞くのも少し怖くなりそうだ。

「外野がなんと言おうと、メリルの夫は僕だけだし彼女の犬になれるのも僕だけだ」

「……犬？」

グレゴリーがぽかんと口を開けた。

ちらりと見えたギュンターは口を手で覆っている。

「ちょ……、エリアス様」

余計なことを言って場を混乱させないでほしい。

エリアスはメリルの手を取り、ギュッと握った。

「君と僕は永遠に一緒だろう？」

――重い。

思わず浮かんだ二文字は口にせず、メリルは賢明にも「はい」と頷いた。

「……信じられない。こんなに可憐な美少女をぞんざいに扱うなんて」

プリシラのぼやきが聞こえてきた。

エリアスは思い出したように、自身の欠点について語りだす。

「ああ、これは国家機密だが……、僕は身内とメリル以外の女性の顔がわからないし判別できない。君の顔が美しいのか醜いのか、興味もなければ記憶にも残らないな」

「……え？　女性の顔がわからない？」

「国家機密をさらっと言うなよ……」

グレゴリーが呆れ気味にエリアスに呟いてから、プリシラに視線を投げる。

「そういうことだ、プリシラ。エリアスにとって君はその他大勢の女性と同じだ。次にひとりで会いに行っても「誰だ？」と言われて追い返される。君ははじめから勝算のない相手に自分を売り込んでいただけなんだよ」

「な……っ！」

プリシラは顔を真っ赤にさせて口をつぐんだ。

怒りからか、羞恥からか……恐らく両方だろう。矜持を傷つけられたように綺麗に整えられた眉を吊り上げている。

自分の外見に自信を持ち、またその美貌を維持するための努力を惜しまないプリシラにとって、その他大勢のくくりに入ったことが許せないのかもしれない。

一人掛けの椅子から立ち上がると、そのまま脱兎の勢いで部屋を飛び出した。

「あ、お待ちくださぃ……っ」

ギュンターがプリシラを追った。離宮の外に出て迷子になられたら困る。

——ごめんなさい、ギュンター様。お任せいたします。

脚力のあるプリシラは、踵の高い靴を履いていても令嬢とは思えない素早さだ。ひとりになりたいと闇雲に走りだしたら、体力が切れるまで止まれないだろう。

　メリルは後できちんとギュンターに謝罪しておこうと思った。

　だがその前に……。

「申し訳ございません、まだ未熟な子供で……」

「メリルが謝ることではないし君も被害者だ。不愉快な想いをしただろう」

　エリアスが気遣ってくる。

　先ほどプリシラに見せた冷たい微笑とは打って変わって、恋人に見せる柔らかな表情に変わっていた。

「いいえ、私はさほどでも。プリシラの扱いには慣れていますし、元々私が軽率に文を送ったことで、国王陛下のお耳にまで入ることになってしまったのですから……申し訳ないと思っています」

「父のことは気にしなくていい。メリルが送ったのは誹謗中傷でも批判でもない、純粋な意見であり感想だ。不愉快に感じるどころか、いい年した大人たちが自慢げに周囲に見せびらかして喜んでいたから、これからも気にせず送ったらいいと思う」

「グレゴリー殿下……ありがとうございます」

　自分の知らないところで話題になっていたという状況は、想像するだけで心臓に悪いが。

その場にいなくてよかったと安堵する。

「問題は、姉妹を取り替えてメリルを取り戻してしまえばいいと欲を出したことだ。身勝手な都合すぎて反吐が出そうだな」

「すまない……返す言葉もない。きちんとこのことは父上に報告し、相思相愛の二人を引き離すことはしないと約束する。元々メリル本人の意思に反することはしないという条件だったから、安心してほしい」

グレゴリーが頭を下げて謝罪した。

「相思相愛か、いい響きだな」

エリアスの機嫌が戻っている。相思相愛という言葉に気分をよくしたらしい。

「まあ、しばらく自由に羽を伸ばして滞在したらいい。祭りが終わるまではのんびりしていけ。時間はまだあるんだろう？」

「ああ、一応休暇扱いで来ている。あと数日世話になる。帰る頃にはプリシラも落ち着いているだろう」

「大丈夫ですわ、プリシラ様のことは私にお任せください」

「セシリア様……ありがとうございます」

メリルが会いに行けば余計仲が拗れそうだ。本人から会いたいと言われない限り、メリルは大人しくしていた方がいいだろう。

――プリシラも頭を冷やせたらいいわね……。

いろいろと酷く裏切られているのに、不思議とプリシラを憎む気持ちは湧いてこない。やはり愚かしい子ほど愛おしいというやつかもしれない。

「あ、そうだ。結局犬ってなんなんだ？」

――……それは蒸し返さないでほしかった。

メリルは口を閉ざし、余計なことを言いそうなエリアスの口を両手で塞いだのだった。

◆
◆
◆

グレゴリーたちと別れた後、メリルはエリアスに連れられて私室へ戻っていた。何故かエリアスが人払いをし、戸惑うメリルを寝室に連れ込んだ。

「あの、エリアス様？」

「さて、ようやく二人きりになれたな」

「ひゃ……っ！」

突如身体を横抱きにされて、寝台へ運ばれた。

まだ日が高い時間に寝台に寝かせられる理由はひとつしか思い当たらない。

「エリアス様、急にどうし……」

「メリルが僕と相思相愛だと認めたから」

「っ！」

「一生僕の傍にいてくれるんだろう？　それで相思相愛と言われても否定しなかった。ねえ、メリル。そろそろ君の本心を聞かせてくれないか」

エリアスの膝が寝台に乗り上がり、メリルに覆いかぶさってくる。

話し合おうとしているのに、この体勢はよろしくないのではないか。

——ど、どうしよう……心臓がドキドキして落ち着かない……。

エリアスの端整な顔を間近で眺めているからだろうか。彼の体温が感じられる距離になると、メリルの鼓動は自然と速まってしまう。

視線を上げると、エリアスの真剣な眼差しとぶつかった。いつも迷いのない紫の瞳の奥は、不安そうに揺れているようだ。

——ああ、私……。

誤魔化しようのないほど胸が焦がれている。自信たっぷりな顔も、色香が溢れてメリルを惑わせる顔も好きだが、なにかを懇願するように耐える姿も胸の奥をキュンとさせる。

彼が不安を抱えていたら抱きしめてあげたい。

ひとりで抱えきれないものを背負っていたら、自分にも分けてほしい。

自然と溢れてくる気持ちは、愛しさしかない。

「エリアス様をお慕いしています。少し困ったところも、私にだけ甘えてくださるところも、すべて含めてエリアス様が好きです」

「……っ！　メリル」

「私がエリアス様のお探しの女性ではなくても、ずっとお傍にいてもいいですか？」

「他はいらない、メリルしかほしくない。君と出会ってから、僕の夢には君しか出てこない。メリルが僕の運命の女性だ」

エリアスがそう断言するなら、きっとそうなのだろう。

――もしも私の他に顔が判別できる女性が現れたら……なんて、考えるのはもうやめよう。

誰が現れても、メリルはエリアスの傍から離れるつもりはない。もちろん、いくらプリシラがほしがっても彼の隣を譲るつもりはない。

彼の愛しい女性は自分ひとりでいられるように、メリルも互いを気遣いあって幸せになる努力を続けるだけだ。

「嬉しいです。エリアス様の特別な女性は私だけなんて」

エリアスがそっとメリルの額にキスを落とす。

触れ合うだけの温もりが甘く胸の奥をくすぐった。すぐに離れてしまったのが残念だ。もっと彼に触れていたい。

耳元でエリアスが囁きかけてくる。

「僕はもう『待て』ができない犬だから、これからはメリルが調教して」

「……え？」

至近距離からとろりと見つめられるが、不穏な台詞は気のせいではなさそうだ。

「あの、調教って……？」

エリアスの手が不埒に動き、メリルのドレスを脱がしにかかる。

──まさか、『待て』ができないってそういう意味……！

「エリアス様……少々性急すぎでは？」

「メリルの肌が見たい。君の体温を直に感じ取りたい。嫌か？」

「……っ」

ダメではなく、嫌かと尋ねるのはずるい。

メリルとてエリアスにもっと触れたいと思ってしまう。今度こそ記憶を保ったまま、エリアスと愛し合いたい。

──初夜までと思っていたけれど、気持ちが通じたのにあとひと月近くも待つのは辛いわ。

体型が変わらないかを気にしているのであれば、ひと月程度なら誤差の範囲内だろう。

「嫌じゃないです……私も、エリアス様とひとつになりたい」

「メリル……！」

「でも、こんな昼間になんて恥ずかしいですし、湯浴みもしてないので……」

「メリルは綺麗だから恥ずかしがるところなんてなにもない。僕はメリルのすべてを目に焼き付けたいし、メリルの香りも堪能したい。湯浴みは後で一緒に入ろう」

「え……と、夜までは」

「待てない」

エリアスが笑顔で言い切った。

『待て』ができない犬とまで言った彼を説得するのは骨が折れそうだ。

――困った人だわ……でも、もう待てないと言うほど求められることが嬉しいなんて、私も十分困った人かも。

甘えられることが嬉しいし、蕩けるような眼差しで見つめられることもたまらなくメリルの胸を疼かせる。

――それに、身体ははじめてではないものね。

記憶がないだけで、きっと身体は快楽を覚えている。痛みがないと思うと気が楽だ。

「では……脱がせてくださいませ」

「……っ！　メリル」

こんなおねだりをしたのははじめてだ。メリルの顔に熱が集まってくる。

エリアスは丁寧にメリルのドレスの釦（ボタン）を外し、上機嫌でドレスを脱がしだした。

「メリルの口から脱がせてほしいと言われるなんて、興奮が止まらない」

心なしか鼻息が荒い気がする。

あっという間にドレスを脱がされ、下着姿にされた。メリルはどこを手で隠したらいいのかわからなくなる。

「そうやって恥じらう姿も興奮する……君は僕をどこまで夢中にさせる気なんだ」

「ごめんなさい、わからないです……」

エリアスはなにをしても興奮するとしか言わなくなってしまった。いったん彼を落ち着かせたい。

——あ、それなら視覚情報を奪えばいいのでは？

メリルの脳裏に、昔読んだ心理学書の項目が思い浮かんだ。

男性は視覚で得られる情報から興奮することが多いらしい。

メリルの肌をすべて見たいと言いつつもすでに興奮が高まっているのなら、いっそエリアスの視線を遮ってしまえばいいのではないか。

「エリアス様」

メリルはドレスについていた幅の広いリボンを手で探りあてながら、エリアスの名を呼んだ。

「なに、メリル？」

エリアスがメリルの下着をずらす。ふるりとこぼれた双丘の頂に赤い果実が現れた。そっと胸のふくらみに触れながら、隠しきれない劣情をメリルに向ける。

「これ……」

「ん？」

リボンを見せると、エリアスが首を傾げた。

きょとんとした顔も大変好ましい。エリアスのいろんな表情が見られて、メリルの胸がキュンと高まっていく。

「リボンがどうかしたか」

「目隠ししますか？」

「……誰が？」

「エリアス様が」

「僕がメリルを？」

「いいえ、エリアス様の目を」

「……」

なんて酷いことを言うのだろうと、エリアスの目が語っている。その雄弁な視線は犬のチャーリーにそっくりだ。

――言葉は通じなくても視線だけで心が通じ合う感じがチャーリーと似ている……。

「何故急に目隠し……まさか僕にメリルを見るなと？　これ以上メリルを見たらなにかが減ってしまうのか？　それは確かに清らかななにかが減るかもしれないが、メリルの恥じらいをこの目に焼き付けられないというのは酷い拷問だ」

苦悩するエリアスの顔は滅多に見られないだろう。

——はあ、どうしよう……胸の奥がキュンキュンする。

メリルは困ったことに、エリアスのどんな表情も好きらしい。先ほどから胸の高まりが止まらない。

——こんなことを思うなんてどうかしているのに、もっと困らせたくなってしまうわ……。

そしてよしよしと頭を撫でたい。自分の胸に縋りついてくる美しい人を甘やかしたくなりそうだ。

「エリアス様の興奮を少しでも抑えようと思ったのですが……」

「僕は気持ち悪かったのか？」

「いえ、血圧が上がらないか心配で」

エリアスがゆっくりと息を吐いた。様々な感情が混ざっていそうだ。

「メリル、目隠しは高度すぎる。それはまた今度にしよう」

手の中のリボンをサッと抜き取られた。興味がないわけではなさそうだ。

高度と言われれば仕方ない。確かに安全面では心もとないだろう。

「今はただ、君のことだけを考えていたい」

「エリアス様……私もです」

メリルの好きな美しい顔が間近に迫ってくる。彼の瞳に映っているのが自分だけだと思うと、恍惚とした気分に浸った。

「ン……」

メリルはそっと瞼を下ろして、エリアスの口づけを受け入れる。

触れ合うキスはすぐに深い繋がりを求め、メリルの口内に肉厚な舌が侵入した。口内をまさぐられることに嫌悪感はなく、絡まる舌が気持ちいい。

――キス、好きだわ……。

くちゅり、と室内に淫靡な唾液音が響いた。

粘膜と鼓膜への刺激がメリルの理性を薄れさせていく。

互いの唾液が混ざり合い、どちらのものかもわからないまま嚥下する。

「んぅ……っ、あ……っ」

メリルの体温はすぐに高まっていった。

純粋に気持ちよくて蕩けそう。頭がふわふわし、なにも考えられなくなる。

お腹の奥が熱い。

下腹がキュンと収縮するのは、もっとエリアスを受け入れたいのだと身体と心が欲しているからか。

――……そう、もっと深く繋がりたい……。

だが浅い呼吸を繰り返していると、脳が酸欠になりそうだ。

「メリル、ちゃんと呼吸して」

エリアスの艶を帯びた声が囁きを落とした。濡れた唇がそっと耳に触れてくる。

「あぁ……」

耳に息を吹きかけられただけで、身体から力が抜けた。ぞわぞわした快感が背筋をかける。

身体をよじって快感を逃そうとするが、エリアスがメリルの手を拘束した。指を絡められると、自分から手を放せなくなる。

「どうしていいのかわからないなら、ずっと僕を見てるんだ」

視線をエリアスに向ける。

いつの間にか彼は上衣をすべて脱ぎ去っていた。

「……っ」

日の光が差し込んだ室内は、エリアスの裸体がよく見えた。

引き締まった身体と細身に見えるが筋肉質な身体は、やはり神が丹精込めて作り上げたと思えるほど美しく、美術品めいている。

情欲に濡れた紫の瞳がキラリと光った。

「メリルの邪魔な布もはぎ取ってしまおう」

唾液で濡れた唇を親指で拭いながら、エリアスがメリルの下着に触れた。両側の腰で結ばれている紐をするりと解く。

「……ッ！　見ないで……」

「何故？　もう君の可愛いここには何度も口づけているけれど」

エリアスが濡れた花園に直接指を這わせた。

メリルの秘所は十分潤っており、エリアスの指を難なく一本飲み込んでしまう。

「あ……んっ」

「熱いな……ちゃんと濡れててよかった」

「や、そんな……恥ずかしいです……」

視線を背けたい。

だが先ほどエリアスにずっと見ているようにと言われたばかりだ。

──見てなきゃ……それに、私を見つめるエリアス様の顔も見たい……。

羞恥心はなくならないが、メリルは彼が自分だけに見せる表情をもっと堪能したい。

「ンァ……ッ」

入口をカリッと指先で引っかかれた。

胎内に燻るなにかがぞわぞわと這い上がってくる。

「きゅうきゅう吸い付いてくる。やはりまだ二本受け入れるには早いな……」

──やはり？

膣壁をこすられながら呟かれた台詞に疑問符が湧いた。

だがメリルにも、女性の身体はしっかり準備が整わない限り男性器を受け入れられないという知識はある。

——まだ慣れていないから……もっと準備に時間をかけないとってことよね……？

一度受け入れただけの身体は、十分に熟れているとは言いがたい。

メリルもまだエリアスを受け入れるのは怖いため、気遣ってくれることは素直に嬉しい。

繋がれていた手が解かれて、温もりが離れて行く。

微かな寂しさを感じたのは一瞬で、すぐに別の刺激が与えられた。

「ひゃあ……っ」

胸の尖りに吸い付かれた。胸を覆い隠していた下着は寝台の端に放られている。

「可愛い実が食べてと誘ってくる」

指先でころころと転がされながら、反対の胸に齧りつかれる。

甘噛みされるたびに、メリルの下腹の疼きが増していった。

「あぁ……なんか、じんじんする……っ」

無意識に太ももをこすり合わせそうになるが、エリアスの手が阻んだ。

メリルの蜜壺に人差し指を挿入したまま、丹念に胸を愛撫してくる。

——身体が熱い……なにも考えられなくなってしまう……。

頭がぼうっとして、快楽の波に流されそうだ。なにかがメリルの胎内で膨らんでいくが、まだうまく弾けることができない。

チュッ、とリップ音を奏でてエリアスが赤い実から口を離した。テラテラと唾液に濡れた胸の頂が卑猥だ。

自分で触っても気持ちよくなんてならないのに、何故エリアスに触れられるとすべてが性感帯のようになってしまうのだろう。

自分の身体なのに、まるで別の意志を持った生き物のようだ。ただ貪欲に気持ちいいを求めてしまう。

「熱く蕩けてきた……メリル、気持ちいい？」

エリアスがメリルに見せつけるように愛液に塗れた指先を舐めた。

「……っ！」

赤い舌がメリルの分泌液を舐める姿にぞくぞくする。

たとえようのない気持ちがこみ上げてきた。

――これも一種の独占欲……？

エリアスが求めているのは自分だけなのだと実感できる。胸の奥から湧き上がる歓喜は一体なんと呼ぶのだろう。

「メリルはどこも甘いな……」

凄絶な色香をまき散らしながら、エリアスは妖艶な視線をメリルに向ける。

「君のすべてを食らいたい」

メリルの両膝を立たせて、身体をねじ込んで来た。

恥ずかしいところが暴かれているのに、メリルはもはや抵抗よりもさらなる愛撫を求めてしまう。

「……食べて?」

たくさん舐めて、おいしいって言ってほしい。

エリアスが求めてくれるなら、メリルは自分のすべてを与えたい。

「喜んで」

太ももの薄い皮膚に口づけが落とされた。

強く吸い付かれると、すぐに赤い花が咲いてしまう。

「んぁ……ッ」

些細な刺激も今のメリルには甘い毒に等しい。

もっとエリアスに侵略されたい。この美しい人の一部になってしまいたい。

——私、変だわ……ただほしいこと以外考えられない……。

常に現実思考で、感情で突っ走ったことなどないため、エリアスに出会うまでは心の欲求を感じたことがなかった。

だが触れ合ううちに、自分でも気づかなかった貪欲さに気づかされたようだ。

柔らかくほぐれてきた蜜壺に指が増やされていく。いつの間にか難なく二本も飲み込めるようになっていた。

「痛くないか」

気遣うように問いかけられて、メリルはゆっくり頷いた。引きつれるような痛みもなく、異物感に少し違和感を覚えるだけ。

「大丈夫です……早く、エリアス様がほしい……」

「……っ、そんなことを言われたら、自分勝手に君を抱きそうになってしまう。あまり僕を煽ってはいけない」

そう言われても、メリルはエリアスが優しいことを知っている。

──ああ、はじめての夜はどんな感じだったのかしら……。

記憶がないのが恨めしい。まったく蘇ってくる気配もない。

だがきっと、エリアスはメリルに痛みを与えないように気遣ってくれたのだろう。

追体験をねだればよかったかもしれないと頭の片隅で思ったが、すぐに打ち消した。

「ああ、メリルの太もものここに、ほくろがひとつ。これは夫となる僕以外には見つからない場所だな」

「きゃ……っ」

脚をグイッと広げられた。

自分でも気づかなかった脚の付け根に、小さなほくろが存在していた。

「誰にも暴かれていない君の肌を丹念に調べたい」

エリアスがほくろに口づけた。新たな遊びを見つけたらしい。

「そ……んな、ほくろなんて……」

「いくつあるか数えようか」

メリルは頭を左右に振った。数えるような面白みなんてないはずだ。

「右側の腰にも、一個あった」

「ン……ッ」

ふたたびエリアスが口づけを落とす。ついでのように赤い花まで咲かせていく。

――まさか……全部のほくろにキスするつもりじゃ……？

自分の身体にいくつほくろがあるかなど把握していない。

背中を向けたらさらに大変なことになりそうだ。鬱血痕ばかりつけられたら、今後侍女に湯浴みを手伝ってもらうこともできなくなる。

「あ……エリアス様……っ」

脇の下にもひとつあったらしい。れろり、とひと舐めされた。

「……っ！」

予想外のところにキスをされて、メリルの目にうっすら涙が浮かぶ。

「ああ、芳しい匂いがする。君の身体中にキスがしたい」

「く……くすぐったくなっちゃうので、ダメです……」

身体中を手で撫でられる。エリアスに触れられる場所に神経が集まり、全身がピクピクと痙攣(けいれん)してしまいそうだ。

エリアスに翻弄されている間にも愛撫は続き、メリルの身体は確実に彼を受け入れる準備を整えていた。

気づけば指を三本も飲み込んでいる。指先が膣壁をこすり、内側からメリルにさらなる刺激を与えていた。

「っ！　あぁ……、んぁ……っ」

「はぁ……メリル、気持ちいい？」

「ん……よく、わからな……」

快楽のさざ波が小刻みに押し寄せてくる。

だがまだ決定的ななにかが足りない。

「一度達しておいた方がいいな」と呟かれたと同時に、エリアスの親指が慎ましい花芽を刺激した。

「ン、アァ――……ッ！」

全身に痺れが走った。

視界がチカチカと光っている。ひと際大きな波に身体が攫われたかのように、ふわりと宙に投げ出された。

一瞬の浮遊感の後、メリルの身体は寝台に沈んだ。

浅い呼吸を繰り返しながら、メリルはぼんやりとエリアスを見上げる。

蜂蜜のように甘く溶けそうな眼差しだが、その目の奥には隠しきれない獣の欲情が潜んでいた。視線を合わせただけで首元を噛まれそうな危うさを秘めている。

「可愛いな……こんな姿を僕にだけ見せてくれるなんて……」

エリアスの呼吸が荒い。ずっとなにかに耐え続けているのが伝わってくる。

──ああ、我慢なんてしなくていいのに……。

メリルは視線だけでエリアスに気持ちを伝えた。彼のすべてを受け入れたい、と。

「ああ……メリル、苦しかったら思いっきり僕のことをひっぱたいてくれ」

──え、無理です……。

メリルの好きな顔を叩くなんて冗談ではない。爪で引っ掻いてしまったら傷ができてしまう。

そう告げようとした直後、潤んだ泥濘にエリアスの雄が埋められた。

「あ……、アァ……ッ」

熱くて、指とは比較にならない存在感がメリメリと隘路（あいろ）を押し広げていく。

「メリル……」

エリアスの熱っぽい声が鼓膜を震わせた。

ぽたり、と彼の顎から汗が落ちる。

エリアスはメリルの様子を確認しながら、ズズ……と腰を押し進めていき、半分ほど到達したところで最奥まで一気に押し進めた。

「ン――ッ！」

「ク……ッ」

――圧迫感が苦しくて、痛い……って、待って。なんで痛みが？

なにか引っかかりがあったようだった。それを無理やりこじ開けたような感覚……一体どういうことだろう？　とメリルが内心首をひねっていると、エリアスの熱っぽい息が吐き出された。

「大丈夫か？」

エリアスがメリルの前髪を手でよけて、頬を撫でた。

その大きな手に頬が包まれていると、なんとも言えない気持ちがこみ上げてくる。

――温かい……安心感かしら。

下腹が鈍痛を訴えているが、きっとはじめてのときより痛みは少ないはずだろう。慣れない行為のため、二回目でも痛みは感じるものなのかもしれない。

違和感は拭えないが、それよりも彼と繋がれたことが嬉しい。

「エリアス様……はい、大丈夫です」

メリルはエリアスの首に腕を回し、ギュッと抱きしめた。その瞬間、無意識に膣壁が収縮し、エリアスの雄を締め付けてしまう。

「ン……っ、メリル……」

「ひとつになれて嬉しい……」

じっとしていたら痛みは徐々に薄れてきた。

エリアスに動いても問題ないと告げると、彼は律動を開始する。

「ふぅっ、あぁ……、んん……」

グチュ……とあらぬところから響く水音がいやらしい。エリアスが腰を打ち付けるたびに、メリルの快感もふたたび上昇していく。

「はぁ……、僕も君とようやくひとつになれて、今にも理性が吹っ飛びそうだ」

エリアスの掠(かす)れた声が色っぽい。

情欲に濡れた瞳を向けながら、エリアスの熱杭が重点的にメリルのひと際感じる場所を刺激した。

「ああ、んぅ、はぁ……、あぁ……っ」

一度達した身体は貪欲にさらなる快楽を求めている。

エリアスがメリルの下腹に手を乗せた。内側と外側からエリアスの存在を感じ取り、メリルの背筋がぶるりと震える。

「僕の存在を君に刻みつけたい。ここはもう、僕だけのものだ」

「んん……はい……」

月に一度しか存在を感知しない臓器が、エリアスの吐精を促している。

とめどなく愛液が分泌され、より一層滑りをよくしていた。

首に回していた手を解かれる。指を絡めて寝台に押し付けられた。

「メリル……このまま君の中で果てたいが、それは初夜まで我慢しよう」

「エリアス様……」

そういえば……と、ふとメリルは過去に読んだ医学書を思い出す。ミルドレッドにいた頃に、授精について目を通していた。

――男性器を受け入れた時点で受精する可能性があるのだけど、まあいいか……。

妊娠する可能性よりも、早くエリアスを受け入れたかったのはメリルの方だ。

初夜まで待ちたくないと思ったのはメリルも同じ。

もしエリアスの子供を授かっていたら、それは素直に喜ばしい。

「エリアス様……好きです」

「っ！　ここで言うなんて、手加減するなと言っているんだな？」

メリルの身体を起こして、繋がったまま膝に乗せた。

「あ……ンッ！」

先ほどよりも深くエリアスの楔を受け入れてしまう。

最奥をズンッと抉られて、一瞬言葉を失った。視界が点滅し、身体に力が入らない。

「メリル……っ」

「あ、あぁ……、んぁっ、はぁ……んっ」

腰を支えられながら上下に揺さぶられ、断続的な嬌声が零れてしまう。

自分の声は少年のようでみっともないと思っていたが、いつもより甘く響く嬌声はメリル自身の耳も犯しているようだ。

ふいに唇が塞がれた。余裕のないキスがメリルの身体をさらに熱くさせていく。

エリアスに抱きしめられながら、上も下も彼と繋がることができて幸せだ。

幸福感に酔いしれていると、ふいにメリルの腰が持ちあげられた。

「あ……っ」

エリアスの雄が抜けてしまう。

――せっかく繋がったのに……。

「嫌、嫌です……出て行かないで……」

「エリアス様ともっと繋がっていたいです」

「っ！　メリル？」

　メリルは目の前の汗ばんだ肌を抱きしめる。人肌が気持ちよくて、内側から圧迫されるエリアスの存在感も失いたくない。

「なんていう誘惑……もしかして夢か？　僕はあまりに都合のよすぎる白昼夢でも見ているのか？」

　夢にされてしまうのは冗談ではない。

　メリルはエリアスの頰を両手でグッと摑み、唇に触れるだけのキスをした。

「現実です。私はエリアス様の夢には入れなくても、こうして現実のあなたの瞳に入ることはできます」

　きっと彼は今まで現実に似た夢を多く見てきたのだろう。手に入ったと思った後に失う喪失感は、夢を見ないメリルには想像しかできない。

「そうだ、夢の中の君とはこうしてむつみ合えなかった。僕にとっては、ようやく最愛を手に入れることができた……だが、ずっとこのままというのは拷問すぎる」

「このまま最後までされたらいいのでは？　私は受け入れる覚悟ができています」

「……っ！」

「それにはじめてではないのですし……」

　エリアスがメリルを抱きしめたまま肩越しで息を吐いた。なにかを堪えるように、ゆっくりと。

「おしゃべりは後にしよう」

　さわさわと臀部を触られたかと思った直後、メリルの身体はふたたび寝台に倒されていた。

「あ……っ」

　律動を再開し、エリアスが身体を震わせる。

「……ッ」

　きゅうきゅうと締め付ける蜜壺から分身を抜き取り、誘惑を振り切ってメリルの腹に吐精した。粘ついた乳白色の液体が腹部から胸元まで汚していく。

「ああ、メリルの白い肌が……僕のもので汚されて……」

　そう言いながらエリアスはメリルの胸元に精を塗り込んでいく。心なしか鼻息が荒い。

「……可愛い、こんなところにもメリルのほくろが。七個目だな」

　ほくろ探しがまだ続いていたらしい。

　急に再開されて戸惑いつつ、メリルは理性が戻ってきた頭で考える。

「エリアス様……、んっ」

　エリアスを受け入れていた場所がひりついているようだ。身じろぎをすると、下腹に鈍い痛みを感じた。

「……あの、私本当に二回目なんでしょうか……？」

シーツに視線を落とす。うっすら赤い物で汚れている箇所があった。

――これは……いわゆる、破瓜の証では……？

そういえばあの舞踏会の明朝は、下腹部に鈍痛を感じていなかった。シーツは取り替えられていたらわからないが、今の方が身体の違和感は強い。

メリルはじっとエリアスを見つめると、彼は悪戯が発覚された犬のように気まずい表情を浮かべた。

「……僕は既成事実を作り上げただけで、実際にメリルを抱いたわけではない」

「え……？」

「一夜の過ちを犯したと周囲に認識させることが目的だった。君を他の男に奪われないために」

「……なんだ、そうでしたか……よかった……」

はあ、と安堵の息が漏れた。

エリアスが恐る恐るメリルを窺う。

「怒らないのか？　君を騙していたのに」

「そうですね……私は怒りよりも、エリアス様と迎えたはじめてを覚えていなかったことが残念だと思っていたので、なにもなかったことに安堵しました」

「君を強引に手に入れたのに？」

「ええ。だって、こうして気持ちが通じ合ってからエリアス様と愛し合いたいと思っていたんですもの。お酒の勢いのまま過ちを犯したとしても、なにも覚えていないというのはあんまりです」

——それに、エリアス様を知っていくうちに、お酒に酔った令嬢に手を出すような男性には思えなかったのもあるわ。

既成事実を作るなら、実際に身体の関係を結ぶ以外にも手があるはずだ。優秀な王太子が本当に危険を冒すとは思えなかった。

だが、彼がメリルの臀部を見たいと言ったことを忘れてはいけない。

「メリル……よか……っ」

「でも、初対面で私のお尻が見たいと言ったことには正直引きましたわ」

「……すまない」

エリアスが項垂れた。

しょんぼりした顔も愛らしいが、メリルは彼から向けられる微笑の方が好ましい。

「エリアス様、私はまだひとりで動けそうにありません。身体を清めたいのですが、手伝ってくださいますか」

「っ！　ああ、もちろん。一緒に湯浴みしよう。僕が隅々まで洗ってあげる」

颯爽（さっそう）と浴室に姿を消し、湯を溜めたエリアスが戻ってきた。

メリルは横抱きにされて浴室へ運ばれる。

エリアスが甲斐甲斐（かいがい）しくメリルの身体を洗う。そんな彼を見ていると、メリルも不思議と心が穏やかになってくる。

――見えないはずの犬耳と尻尾が動いて見えるわ。

「メリルのうなじにも小さなほくろがあることを知っているか？」

「え？　いいえ、知りませんわ」

「そうか、ここにもキスをしなくちゃな」

「あ……っ、エリアス様……もう」

うなじにキスをされながら胸をいじられて、メリルの身体はふたたび熱く火照ってしまったのだった。

◆　◆　◆

無事に建国祭を終えて、グレゴリーとセシリアは帰国日を迎えた。

「グレッグ、わかっていると思うが」

「大丈夫だ、二人の仲は引き裂かない」

エリアスが再度グレゴリーに釘を刺すと、グレゴリーは両手をあげて頷いた。

「いいだろう。ついでに、メリル以外が僕の妻にはなり得ないから、僕からメリルを取り上げれば一生この国の王太子は独り者になると脅しておけ」

「怖いし重い……大国のグロースクロイツの機嫌を損ねるような発言は二度としないよう、俺も見張っておくから許してくれ」

隣国の大臣たちを脅すエリアスの豪胆さに肝を冷やしつつ、メリルはセシリアに挨拶した。

「セシリア様、道中お気をつけて。また遊びにいらしてください」

「ありがとう、次はお二人の婚姻式に参列しますわ。またすぐにお会いできますね」

セシリアがおっとりと微笑んだ。

グレゴリーとセシリアの方が早く婚約したが、二人の婚姻式は一年後の予定だ。メリルとエリアスの方が異例の早さで婚姻を進めている。

和やかな気持ちで見送りをするが、プリシラの姿がまだ見えない。

「ところで、プリシラはどこにいるのかしら……行きも帰りもお二人に迷惑をかけるんじゃないかと思うと、申し訳ないですわ」

「あら、お気になさらないで。プリシラ様とのおしゃべりはとても楽しいですし、むしろ感謝していますのよ。密室の馬車にグレゴリー殿下と二人きりの方が、心臓が落ち着きませんもの」

セシリアが頬を赤らめた。

メリルもエリアスと長時間馬車に乗ることを想像すると、確かに落ち着かない気持ちになりそうだ。誰かが同行してくれた方が安心する。

──結局プリシラとは二人きりで話す暇がなかったわ……。

突拍子のないことを言いだす困った妹だが、貴族令嬢としての教育はメリルよりしっかり受けている。猫を被ったままなら社交性のある美少女だ。

さすがにもうエリアスと結婚したいなどとは思っていないはずだが。

「お姉様……！」

プリシラが小走りで駆け寄ってきた。満面の笑みを浮かべて嬉しそうにしている姿は、誰が見ても愛くるしい。

「プリシラ、どこに行っていたの」

「私、決めたわ。これからは貴族女性も、夫に頼った生き方は改めるべきよ」

「ええ……？」

突然なにを言いだすのだろう。

まさか結婚はせず一生独身でいたいだなんて言うわけではあるまい。

「夫を支える献身的な妻なんて男の身勝手な理想だと思うわ。今まではお母様が言うことが正しいと思っていたけれど、そんなことはないいんじゃないかって気づいたのよ。女性の生き方だってひとつだけではないはずだわ」

「まあ……そうであってほしいとは思うわね」

「私、ずっともやもやしていたのよ。どうして私たちは選ばれる側なのかしらって。何故女性が男性を選んではいけないのかしら？　むしろ雌が雄を選ぶのは自然の摂理ではなくって？」

「……そうね、多くの動物は雌が雄を選んでいるわね」

──プリシラが珍しくまともなことを言っているわ。

動物と人間社会を比べるのは難しいが、人間も動物だと言ってしまえば同じくくりに入るだろう。

話の矛先が見えずヒヤヒヤしつつも、メリルは辛抱強く耳を傾ける。

「だから私、理想の殿方は自分で選ぶし、見つからなかったら一生結婚しないことにするわ。それよりも、経済的に独立できるように職業婦人になって自立しようと思うのよ」

「ええ……！」

突拍子のない結論だ。不安しかない。

「ちょっと待って、話が飛躍しすぎだわ。経営者にでもなりたいということなの？」

「ええ、この数日考えてみたの。たとえば私自身が広告塔となって、流行りの仕立て屋や商会と契約して、社交界の流行を作り上げて行こうと思うわ。それでたくさんチヤホヤされたい！」

最後に本音が漏れた。

プリシラは昔から話題の中心にいることが好きな少女だった。

――広告塔って……どこからそんな発想が……。

「えっと、面白そうだとは思うけれど、ミルドレッドはどうするつもり？　あなたが婿養子をもらわないと領地を返還することになるけれど」

「頭が固いわよ、お姉様。そんなのどうとでもなるわ。それこそお姉様とエリアス殿下にたくさん子供が生まれたら、一番お姉様にそっくりな子供に継がせてもいいじゃない」

「なんだと？」

エリアスがすぐさま反応し、なにかを思案している。

「まあ、なくはない案だな」

「え、エリアス様？」

「僕とメリルの間にたくさん子供が生まれて、ミルドレッドの探求心を受け継ぐ子が将来侯爵を継ぎたいと言えば、悪くはない話だ。もちろんリンデンバーグの国王陛下の許しも必要だが」

エリアスがメリルの腰を抱き寄せた。

誰にも聞こえないようにそっと耳元で囁きかける。

「それで、何人子供を作ろうか」

「……っ！」

じわじわとメリルの顔が赤くなる。

自分たちの子供が将来ミルドレッドを継ぐかはわからないが、その可能性も悪くはない気がしてきた。

きっとひとりくらいは、メリルのように好奇心旺盛で本に囲まれたい子供が現れるだろう。

「まずは王家御用達の仕立て屋から攻めようと思うわ。グレゴリー殿下、口利きをよろしくね」

「なに、俺がか？　いや、もう少し案を練ってからの方が……」

「そのうちグロースクロイツにも進出するから、そのときはお姉様よろしくね！」

グレゴリーの意見を聞き流し、プリシラはメリルの手をギュッと握った。

なんとも逞しい。生き生きとした眼差しは生命力に溢れている。

──変な男性に引っかからない方がいいとはいえ、これは予想外だわ……。

これもミルドレッドの血筋なのだろうか。良くも悪くも、興味があることをとことん追求する。

──広告塔なんて概念、今までなかったけれど。案外プリシラに向いていそうね。交渉と経営に長けた人物を補佐につけたらもしかして……？

プリシラが社交界の中心にいるのは容姿だけが理由ではない。美容と流行に精通しているからだ。話題が豊富で社交的な彼女の周りには、自然と人が集まってくる。

メリルにとっては困った妹でもあるが、彼女を憎めないのは自分にはない一面が眩しいからかもしれない。

——好きなことを通じて、いつか心の底から愛し合う人と出会えたらいいわね。

小さな台風が新しい風を巻き起こすのを心待ちにしたくなった。

エピローグ

メリルとエリアスの婚姻から数年後。

グロースクロイツの王太子妃が新たに懐妊中であることが報じられた。

ほぼ毎年男児か女児が生まれており、国民は和やかな気持ちで新しい命の誕生を喜んでいる。絶世の美男子と名高い王太子の子供たちは皆利発で煌びやかな美貌を持ち、今後の成長が楽しみだ。

王城の一室では、もうすぐ四歳になるお転婆（てんば）姫がこっそり両親の寝室へ忍び込んでいた。

「あ、姫様！　いけませんわ」

侍女が目を離した隙に、扉を開けて入ってしまったらしい。子供は入ってはいけない部屋に興味津々である。

「ほら見て、綺麗でしょ？」

小さな少女が手にしているのは、黒いベルトにいくつも宝石が散りばめられた幅広のチョーカーだった。

侍女は今まで目にしたことのないチョーカーに首を傾げつつも、取り戻そうとする。

「姫様、いけませんわ。勝手にお母様のチョーカーに触れては」

「ううん、これはお父様の首輪よ！」

「……はい？」

「お父様はね、夜になるとわんわんになるの」

侍女は思考を停止させる。

小さな手からそっとチョーカーを抜き取り、元の引き出しに仕舞った。

「……姫様、人には心の奥に秘密の扉が存在します」

「とびら？」

「ええ、扉です。誰にも見せない秘密の扉ですわ。それに気づいたとしても、そっとしておくことが立派なレディへの一歩です」

「ひみつのとびら！　リリーにもある？」

「……あるかもしれませんね。さ、おやつの時間にしましょう」

「おやつ！」

上機嫌になった姫の手を引いて、侍女はそっと寝室の扉を閉めたのだった。

◆◆◆

「さあ、メリル。今日も一日頑張ったから褒美に僕を撫でてくれ」

自ら首輪をつけてメリルの膝に頭を乗せてくる夫を、メリルは困ったように見下ろした。

こうして甘えられるのも慣れたものだが、子供たちに見られないかとヒヤヒヤしてしまう。

「エリアス様、今日も一日お疲れさまでした」

「ああ……メリルに労わってもらえるだけで、疲れが飛ぶようだ」

エリアスは少し膨らみかけた腹部に顔を押し当てながら、癒しを求めていた。

すっかり子煩悩になったが、相変わらず目が覚めるような美貌の持ち主だ。年々美しさに磨きがかかっている。

メリルにとって、エリアスの顔は何年経っても見飽きない。

「エリアス様、顔を上げてくださいな」

「ん？」

ごろりと仰向(あおむ)けになったエリアスの唇に、メリルはチュッとキスをする。

「首輪をつけたわんちゃんは、なんておねだりするんでしょうか」

「……わん」

今日も夫が愛おしくて、メリルはとても幸せだ。

あとがき

お久しぶりです、月城（つきしろ）うさぎです。ヴァニラ文庫様、創刊九周年おめでとうございます！

実はヴァニラ文庫様の創刊と私の作家デビューが同年同月ということに気づきまして、密かに同期じゃないか……！　と思っています。つまり私も二〇二二年の八月で九周年を迎えました。来年の十周年も共に迎えられたら嬉しいです。

さて、約一年ぶりにヴァニラ文庫様より五冊目の本を刊行させていただきました。

今作のヒーローはいろいろと盛りだくさんで、一言では言い表せられないのですが……キーワードは「夢」と「お尻」と「犬」でしょうか。

プロットではエリアスの一人称は「俺」だったのですが、本文を書き始めた途中から、僕呼びの方が変態度が高いな……？　と気づき、急遽変更となりました。

プロローグの数行を読み返すと、実はホラーを書いていたのではないか？　という気持ちにも……。

今までいろんなタイプの変態ヒーローを書いてきましたが、プロローグから〇〇するヒーロー（ネタバレ防止の伏字）ははじめてでＮＧが出るかと思いきや、まったく出ませんでしたね！　とても心が広くてありがたいです。

変態はつい語りすぎてしまうのでこのくらいにして……、ミルドレッド侯爵家の人達はメリルを含めて、とても我が強いんだなと思います。好きなこととしかやってない（笑）。

一般的にプリシラのような令嬢は嫌われると思いますが、お馬鹿な子ほど可愛いくて憎めないです。しかし表では全然謝っていないので、裏で謝罪しててほしいと思います。

エリアスが窓に挟まったメリルのドレスをペロッとめくっていたことは、いつかバレるのかどうかが気になるところですが、何かのタイミングでシレッと自分から言いそうです。

そしてエリアスに慣れてしまったメリルは、ドン引きしつつも顔がいいから受け流してしまうんじゃないかと……顔が好みって最強だなと感じます。

イラストを担当してくださったDUO BRAND.様、美麗な表紙と挿絵をありがとうございました。私も表紙の部屋でのんびりお菓子を食べつつ読書がしたくなります。

担当編集者のＨ様、今回も大変お世話になりありがとうございました。自由に書かせていただけて楽しかったです。

この本に携わってくださった校正様、デザイナー様、書店様、営業様、読者の皆様、ありがとうございました。少しでも楽しんでいただけましたら嬉しいです。

王太子さまは夢の乙女にご執心
〜お探しの恋人は別人です!!〜

Vanilla文庫

2022年8月5日　第1刷発行　定価はカバーに表示してあります

著　者　月城うさぎ　©USAGI TSUKISHIRO 2022
装　画　DUO BRAND.
発行人　鈴木幸辰
発行所　株式会社ハーパーコリンズ・ジャパン
東京都千代田区大手町1-5-1
電話　03-6269-2883（営業）
0570-008091（読者サービス係）

印刷・製本　中央精版印刷株式会社

Printed in Japan ©K.K. HarperCollins Japan 2022 ISBN978-4-596-74754-9